超越的
事情

青年之著陸
——「陸詩叢」總序

文｜茱萸

　　在此呈現的是「陸詩叢」，由六冊詩集構成。我們規劃並期望，於「第一輯」之後，會陸續推出更多獨到的文本；而率先問世的首批詩集，理應被視為設想中的一個開端。

　　揆諸現代漢詩的歷史，我們深知，基於「嘗試的開端」何其重要。而在這個文體一百年以來的發展進程中，「青年」始終扮演著至關重要的角色，現代漢詩的事業亦總是與「青年」相關——無論篳路藍縷的「白話詩」草創者，還是熔鑄中西的「現代派」名家，抑或洋溢著激情的「左翼」詩人，以及兼收並蓄的「西南聯大詩人群」，都在他們最富創造力的青年時期，開始醞釀甚至開始成就他們標誌性的作品。肇始於1970年代末的中國大陸「先鋒詩」，亦起始於彼時仍是青年的「今天派」諸子對陳腐文學樣式的自覺反叛。這是文學領域富有生命力的象徵。此後的四十年間，在漢語世界，這個領域借助刊物、社團、學校、網路等媒介平臺，源源不斷地孕育出鮮活的寫作群體與個人。

　　作為此脈絡的最新延伸點，出生於1990年代、成長並生活於中國大陸的年輕的詩人，在本世紀首個十年的後半期，開始呈現出集體湧現之勢。轉眼間已有十年的積澱，先後誕生了一批富有實驗精神的創作者。出現在本輯的六位「青年」——秦三澍、葳弦、蘇畫天、砂丁、李海鵬、穎川——即處於此最新世代的最具代表性的序列。

　　這幾位年輕的詩人，已在北京大學、復旦大學、同濟大學、中國人民大學、中央民族大學等中國大陸知名院校完成不同階段的學業，經歷過漫長的「學徒期」，擁有多年的「寫作史」，並已積攢了數量可觀的作品，形成了頗具辨識度的寫作風格。同時，他們亦獲得過不少權威的獎項，並在文學翻譯、批評與研究等相關的領域裡亦開始嶄露頭角。可以說，他們是一批文學天賦與學術素養俱佳、極富潛力的中國大陸「學院派」青年詩人。

　　憑藉各自的寫作，他們六人已在同輩詩人中占據了較為重要的位置，經常受到來自各方刊物與學院的認可，並擁有了一定的讀者規模──然而，由於機緣未到，在兩岸四地，他們的作品都尚未正式結集。所以，本次得以出版的這六部詩集，對他們來說，具有非比尋常的意義。大家的關注和閱讀，更將是他們未來所能睹見的漫長寫作生涯中的第一個重要時刻。

　　這些詩，以及它們的作者，對臺灣的讀者來說，肯定還非常陌生。他們來自中國大陸，得以湊成一輯的作者數量又恰好是六（陸），於是，我們乾脆將之定名為「陸詩叢」。他們平均在二十七、八歲的年紀，是十足的「青年」，在中國大陸，則通常被冠以「90後」的名目。但這種基於生理年齡的劃分，目前看來並沒有詩學方面明顯的特徵或脈絡，能夠使他們足以和前幾個世代的詩人構成本質上的區別。因此，毋寧從詩人的「出身」及「數量」兩方面「就地取材」，以之作為本詩叢命名的便宜行事。

　　機緣巧合，此輯作者的社會背景與寫作背景均較為相似，但這並不意味著詩叢編選者的趣味將要限制於特定的群體。相反，正由於此前因，我們遂生出持續編選此詩叢的設想，擬遵循高標準、多元化的原則，廣泛地選擇不同背景與風格的作者，陸續推介中國大陸更年輕世代（繼「朦朧詩」、「第三代」、「九十年代詩歌」以及「70後」

等之後）的詩人及其寫作實績，以增進了解，同時促進兩岸的文學交流。但詩叢之名目既定，以後所增各輯，每輯僅收入六位作者、六冊詩集，以為傳統。

　　本輯六冊詩集內，除詩作之外，另收錄有每位作者的詳細介紹和自作跋文，更有他人撰寫的針對他們作品的分析，出於體例的考慮，此處便不再對他們進行一一的介紹和評論。我願意將本次「結集」的「集結」，視為六位中國大陸青年的詩之翅翼初翔後的首次著陸。

目次

輯二｜甜美的時光

輯三│令人不安的

超越的事情

川沙鎮

——給夢琰

一些街市有明亮的恍惚
一些隱匿在暗處的溝壑裡。
你往左走，向右的力量
牽制你，前前後後的道路叢聚於
清明踏海的人面，也不知
立著不立著，四處春衫
滿袖，有散漫惺忪的憂喜。
且不尋一個鐵證，這空蕩
惝恍的運河啊，總以孤身試驗
外部，伶伶俐俐於以桃試李
梨花開遍的身圍。究竟
哪兒去好呢？運河邊上的
少年人，拳拳耕耘於
婉轉倒立的責任，倒是
很年輕的，天與雲與山與水
也是通體一色的遼闊了。
將暮不暮了嗎？像是在一個
春短的黃昏醒來，聽見
淅淅瀝瀝的雨，髒汙河面上
腥濁的雨，遠處工廠和
高速公路，倒讓人想起

打椿機，那油菜花田上聳立的
巨型心事，我們有多少年
未曾一起聽過，那被
平淡、稀疏的友誼滑過的
細膩、未被雨水打溼的聲音。
這春日健壯的力氣，削尖
那最冒頭的，漸暗的臺閣裡
叢生、發癢的植株：你
偶爾咬你的髮，回頭時
僥倖於一些平日裡
無暇顧及的否定
似乎是失敗的。
這郊區廣廈千間，袒露它
海濱故地的寒冷、茂盛、果決
多少是有些涼的，天候裡的
歷史，人叢裡有它
不悲不哀的姓名。

2017.4.6 滬東北

新場鎮

——給方李靖

三個男孩，兩個穿紅，一個穿黑
寥寥落落地插著口袋，凝望因膩綠的
波光而脹滿、汙濁發抖的小小河濱。
時代的空氣穿過他們單薄的胃，被
肌肉線條繃緊的身軀，貼身的單衣裡
袒露銷瘦、枯寂的南方山水，畢竟
是年少輕狂，呼出的都是承諾的熱氣。
同伴尚沒有出來，一支煙被點燃
輕浮的耳語中繾綣瑟縮的細雪覆蓋。
密密麻麻，他們正在二十歲的年齡
撒謊也彷彿是天經地義的。同伴
沒有出來，曲裡拐彎的心事的橋
倒不在意那一點點尖銳的自苦，算計於
步數和郊外公里摩挲的滯重。你是
小林桃花的春濃驟雨，將人提舉如
一尾江南壁畫上遊動的魚。這個比喻
是不恰當的，你突然開口，中學
教員的脈脈溫情，黃色起重機攪弄歷史
纖瘦的鼻。他們把吸了幾口的煙頭
丟進河裡，又等了一會兒，他們
往回望望，拍拍肩膀，收緊外套的

拉鏈。他們來回走了幾步，停下，又
折回來。他們有三個人，兩個穿紅
一個穿黑，語態輕鬆地談論起
今天發生的事。細雨也隔著呼喊
彷彿他們的同伴從未從一個
古典的異地趕來，彷彿鎮上
迢遙陌生的燈也從未
在天空裡亮起。

2018.1.1 元旦記於滬東北走馬塘

中國的日夜

饑腸轆轆時他們就去離出租屋
半個街區的那家餃子館。豬肉白菜
是必點的，不愛吃香菇，就著蒜
他把醋倒進碗裡。夜聲中市影漸稀
他們一起看過的，山巒中的夜色
起霧，揮舞因寒冷而緊繃的纏繞
堅定、痛苦。難道談論年齡
不是空無，昏天中驟降的雨。
並非艱難的沉默，海船上鹹膩的涼
朝開的磅礴，灰色和胴體。酒
過三巡，筷子敲起碗沿，滿洲曲
松花江水穿越凍厄與石窟，那無限
壯大、苦悶，照耀於這一日
鋪滿的雪，一生的愛痛，只這一次
你無法注視那拒絕，尖銳的冷，方言
南方館子裡煙油密布的小角落。
過冰而去有凝固的島嶼，烤火的沙龍
友朋，背錯臺詞的話劇。這暖
比涼更徹骨，更疲倦於中途的
快樂、愉悅。從青島到上海
他們在甲板上親吻、說胡話

像是十七八歲，苦哈哈，不知
你茫茫的瘦，黃粱般的苦楚。

2015.11.25 彰武東走馬

野餐

他來時，布兜裡匿著
兩隻野兔。四月，城裡
難得嘗到這樣的美味。
生火時，他把散落的日記
聚成一堆，火星的微吟很快
變得疲倦、不可容忍。
春天了，湖岸變得謙遜
寺廟披上寬袖的綢短衣。
遊湖的青年人冒雨
穿越城門，慢條斯理
趕路。四處是熱烈、靜穆
有受騙、斑斕的歡喜。
遲來的那一個，走在
人群的最中間，個頭兒
最高的，說漂亮的
北平話。不潔的是愛且
故作輕蔑，步態昂直
是北方來的海軍生，穿回
白夏布長衫，從不為
金錢苦惱。這南方
多雨、昏熱，不可捉摸

有行竊的啞學生，三
三兩兩作案，把一貫銅錢
混在租舟的小費裡。「你
且來，趁著年輕。」春畫
寬大，如中舉人的肩膀
有奇異的力量，沉溺、放縱
熱望並且貧窮。你在
最前面，招呼眾人上矮的
甲板，故作大方。在火堆中
近的事物有升騰的形式
快樂，你多須且纏繞
很少嚴肅的苦惱。

2015.8.22

城外

這短促的冒險起始於
山腰池沼間那狹長的綠。
清潔的收縮它們迅速聚攏的
毛孔，為雲群和江風留一個
蒙煙的位置。這遲暮的喧騷
秋日裡不再凜肅，有稠密的
冰涼。水兵踏上甲板時
他們驅車去城外摘一串
鄉間的野葡萄，他多須的面
興奮、發赤、流汗，在熱霧
和魚鱗雲的稀鬆裡踏過
潮草和平原妒嫉的心。
那種愛是無謂的，疏朗
跨不過平庸，在涼廊裡
害著熱病。他剛來時，身著
水兵服，民國別在腦後──
一個好青年，怯鈍，有
苦悶、鋒利的焦渴。江水
可以不鹹腥煤氣燈也可以是
透明而喑啞的。這不為所動的
城，鐵架子搭成的城，尖銳

明麗豐足，在孔彈中細數
器官的冷，片面，白晝。
他因愛你而衰弱。哦，這
無辜的茂密，鋼鐵染上
葡萄紫的顏色。密雲
不雨時，他們假裝
去南方鄉下度夏，衣衫
襤褸的農婦人沿鐵路線站著
蕭穆，莊靜，骨節的輪廓
凝聚在雨前的密謀裡。

2015.9.10

朝虹與晚暮

後來雨逐漸變大，竟
把天光收攏在一個窒悶的
大匣子裡。你問我，虹
可匿了？春末近夏的
時節，一件單衫尚不足
抵禦清冷的寒氣。
出門買菜，你問我，可
會做菜？城中來的窮書生
用半生不生的本地話挑
兩個白蘿蔔，水芹，一把
青蔥。海霧中有迷濛的雨雲
順勢而落至濱海的村落。
有光膀的人，結成纜繩的隊伍
在失溫的海岸線上聚成
坦蕩的平面。那血碧的胸腔
並不寥落，顫慄著，苦行於
這季候的虛弱，病人恙體
窒灼的呼吸。一周數次
你起得早，和年齡大一點的
工人坐小船，用網打撈
海面上的白色垃圾。

幾乎在整日的熱氣耗散後
你才回來，像是退路已盡於
空虛，袖口裡散著發腥的泥沼
多日未沐浴的臭氣。雨
變大時，祕密的約會一再
遲延，人因昏沉的愛病而
熠熠生輝。遠山多鹽的角骨
比輕盈更滯悶，更單薄於
修長的冷，晚暮寬大的春裝。
這小小的盆地像是鑷子
做的，蓮花般的手掌一樣
濁泥中嶙嶙的苦與蜜。

2015.12.2 東走馬塘

玄武湖之春

是成片的雲霓籠罩四野
以至於分不清山和湖的顏色。
你見到他時，玄武湖恰逢春雨。
趕了一下午火車，你站在出站口
呼吸新鮮的空氣。恰值清明，天候
不那麼寒涼了，時局看上去也沒有
從前那麼糟糕。1923年，你剛從莫斯科
回來，意氣風發，在上海的大學裡兼
一兩堂課。你沒鬧戀愛風波，是整潔的
新男子，每天把鬍鬚刮得乾乾淨淨。
黃昏之後，湖面升起夜霧，你打量你
蘇俄制式西裝，是否沾有水汽。
他剛來時，面如朝開之花，手抱
涼薯。他早已穿舊的灰布長褂襯得他
日益消瘦。嘗嘗，剛上市的，個兒大
味甜。手也不擦，他就帶你到這湖邊的
城牆上散步。你記得留學前，你們
最後一次在這片開闊的水域划船。
他總是最木訥的那一個，春雨欲止未止
不打傘，偏偏坐得筆直，逗得船上
三兩個女學生憋著氣兒笑。那是他做

小學校教員的第一個假日，他用盡
全身家當為你踐行。汗也透了，雨也透了
親愛的瞿先生，你可知這是一座
雨水圍護的城？你看見湖邊垂釣者
釣竿排成一排，像吃了定心丸
你快步道別，走進火車站。
你曾無數次搭夜車來回滬寧之間
卻從不記得下車去看他一眼。
現如今，你們站在傾頹的城牆上
看湖岸零星的漁火。天風吹過
城郊的夜氣涼得很快，他抱拳
哆嗦著看你，不曾提及年少時
困苦與共的艱難日子。翻山越嶺
這麼久，似乎只為再看一場玄武湖的
春雨，這南京城多毛的手掌
雲雨之下起伏的呼吸之綠。

2015.4.25 臺北古亭

雨水蓮花的午後

——給李琬，敬致妻燁

在宿遷時，你去郊外市集
買甜水果，玉米煨熟了，你用筷子
分一半予我。晨間有霧，你在渡船上
抽煙，髒汙的薄外套溼漉漉掛在風裡。
是三月，驚蟄路過，滿是雨水。
是灰色工廠連結著大片平房，擴展成
平原廣闊的顏色。1927年，你們逃難
在市郊一間小書店的地下室裡，度過
一段難得的好時光。昏燈沉暗時，你
柔軟的器官瘦小、冰涼。讀雜誌
我們逕相念出聲兒來，你知道
餘歡已盡了，這短暫的觸撫無法
勾連成漫長的抵達。雨在下時，你
潮溼、溽熱的南方口音一字一頓
俘虜我。豐盛的洗浴，是你無處可走
尚可彼此厭棄。偶爾，天光放晴
你帶我去前朝的運河邊看蓮。蓮頭
初綻的節候尚早，是成片的塑膠花在
混濁的排汙道口邊盛放。紅的，粉中
帶紅，白菜綠的，墨綠的，先是
自顧自散開在河面，而後一點一點

緩慢聚合成平緩的水田。好像
耗食希望的兩個人，站在無邊曠野處
吶喊，捉一兩隻假蓮花來做一盞
空蕩蕩的蓮花燈。有了蓮花燈
天雲尚好的晚上，你我就可以
就著微弱的燭火跳蘇俄舞步。
這四方形的、小小的跳舞場，是你
教會我在雨中一派瀟灑地不打傘
若無其事地裝作心不在焉。
後來，微小的歡娛漸次減少。
你終於在小火車站停留，在站前小鋪
買一束紀念用假花。梅雨時節
整個書店都在滴水，你於半途的承諾
使我懷念。在田陌和廣野，天雨欲來時
在平原狹長、黑暗的中心，一盞
將燃未燃的蓮花燈將你懷念。

2015.4.29 臺北古亭

超越的事情

他時常是不相信這個詞的。
他出去散步。1931年，南方的春天
還很寒冷。他身上的工作並不重
是個邊緣人。蔣光慈病了，沒人
去看他。錢杏邨的鋒芒收斂。
早上的漫長時光，他在虹口的
小書店裡當校對員。他沒課可上
沒有信心。他和組織裡幾個
同樣邊緣的小作家保持
不明不暗的關係。灰暗的閣樓間
一天到晚也看不見太陽。他時常
就睡著，蓬亂的頭髮也不洗
髒汙的身子間只有短暫的歡愉。
他知道愛是一件難事，是發怒的
汗毛立起來，是丁玲剛剛失去
自己的丈夫。幾年之後，又有
一些人逃走，他常常和留日歸來的
東洋學生共居一室。沒有值得
超越的事情，沒有。他不積極，目光
呆滯。他和他的祕密情人不會在
閣樓間討論文學的尺度和翻譯。

比超越更重要的事情，是他們會渴。
在樓梯縫隙的細碎菜葉子之間，在
氾濫的臭氣和垃圾之間，他們做愛。
身體是潮溼的，像伸出舌頭，鹹
而發出尖銳的苦味。下一頓飯
在哪裡？支部開會，他想去又不想去
最後折回來。「目下的工作進入了
最艱難的時刻。每個人務必隱藏身份
並且忘記各自的姓名。」很長時間
他看不起他患了腸結核、神經
衰弱的同志。他熱愛傳單的激情
勝過文藝創作。這又是一個
失敗的年代，他做什麼都不想做
翻幾頁書，就坐起來，對著狹窄的巷弄
茫然四顧。他喜歡的仍是十九世紀的
文學經典，偶爾想到自裁。
超越的形式或許存在，理論
也並不全是空無的鐘。現在
除了在小書店做校對員，他有
大把的時間白日做夢。為什麼不
回鄉去做一個小小的教書先生？

為什麼不東渡日本？前路有
也沒有，他想不起什麼
超越的事情。他沿北四川路向南
走到橋頭，聽見港口鳴笛的聲音。
多年以前，那個叫郁達夫的
也曾如此絕望過。橫豎是
不夠用了，不如就花光身上
所有的錢，裁一件像樣料子的
夾衫，再洗個熱水澡，順帶
稍些甜食。書是不需要的，書可讀
也可不讀。天亮之前餘下的短幾個鐘頭
他不知道該去哪裡度過。關於歷史
他近乎盲目，關於責任，冰冷的
巨像一般，空空的紀念堂。

2015.3.21-22 臺北古亭

宴飲*

在宴會裡，他因過於謙遜而成為
悶悶不樂的那一個。他的妻子在他
身邊，兒子在衣著得體的顯貴們中間
竄來竄去。他的西服是新做的
妻子的首飾閃爍在密密匝匝的問候裡。
他來南京已經半年，好像蠻左的
好像又不是。在反省院，他發現自己
文人式的驕矜，易於對一點點的
甜言蜜語動感情。假山假水的
古典園林，把一切緻密的悅動
綁緊在尚可以挽回的小小欺騙裡。
朋友們還好嗎？風景裡的硬寫
捎來前一個時代的消息：大革命
中國公學，多雪的長江天氣
把人面交織成徘徊不定的
平原的雨，山間寺廟多變的
季候。他漸漸與寫作的同志們
失去聯繫，帶著隱隱的愧怍
開始新生活。新都樣樣不錯
城牆開處喜新晴，鬧荷花，小姐姐
香囊上繡著水色煙波起。他張羅

舊宅院裡的歡喜事兒，胖孩子
禮貌靦腆，喊要人和他們的太太們
「叔叔」「阿姨」。曲曲折折拐一個彎
他又回到出發的原地，好像生活
過往一般迷離，四處的空氣裡
東方稚兒苦惱奔波於浙江鄉下
水墨雍容的體面家庭。質問與欣喜
瞬間的出離被妻子嚴厲的眼睛
喝退，再一次變得恭順而脈脈溫情。
面對坐不滿的生日宴席，他不失禮貌地
維持適度的尷尬，把三周歲的兒子
夾在自己和妻子的裙褸之間。
天津的事兒已經過去，現在是
新生活，他並沒有因言獲罪，還蠻
年輕的，還可以一直寫，編雜誌
教書，從容不迫地參加革命。不過是
換個地方，空氣好些，經濟好些
也被提拔了，新事舊事，不過是少年
激情，糊里糊塗的歷史裡玩一個
不那麼糊里糊塗的接力遊戲。還有
什麼，比這荒茫草莽的僭越更親近於

一點小，一點人間動情的失敗？
他小小的一點得意漫漶在
妻子和兒子之間，在
闊人們稀稀拉拉的掌聲裡
緩緩落地。他的信心或快或慢
還蠻堅定的，好像有新的
理想，蠢蠢欲動於
周身鐵壁的六朝空氣裡。

2018.1.26-27 走馬塘初雪

※注：1934年，前「左聯」盟員姚蓬子在南京新街口明瓦廊二十一號舊宅院
　　裡舉辦兒子姚文元的三歲生日宴。姚蓬子1906年出生於浙江諸暨姚公
　　埠一個鄉紳世家，先後就讀於上海中國公學和北京大學，後投身滬
　　上左翼運動。1933年夏，姚蓬子在「左聯」天津支部副書記任上被
　　捕（同時被捕的有洪靈菲、潘漢華，先前被捕的有上海丁玲、馮達、
　　潘梓年），押解南京，入反省院。次年5月於國民黨機關報《中央日
　　報》發表《脫離共產黨宣言》，被釋放，搬入新宅。也是於同年，姚
　　蓬子夫婦於新居舉辦盛大宴會，慶祝兒子姚文元滿三周歲。出席宴會
　　的多為國民黨文化官員，人數寥寥，姚蓬子全程例行公事般鬱鬱寡
　　歡，兒子姚文元則活潑熱鬧，「白白胖胖的，有福相」。

禮拜五的記事

他今天剛剛換過一把陽傘。沉悶的
社會史課，他神遊於女同學乾枯打結的髮辮下
酸腐的背影，在布面筆記本上塗一首小詩。

沒有什麼是可以繞道而去的。梅雨剛過
大學低矮的屋宇下空氣凝聚而滯悶，應答之聲
遙遙不可穿透，周遭都與己無關了。

離傍晚還有好幾個小時。他無力氣閱讀
英文，劣質的油印薄脆紙，黑白的陰影下
交織而過的晦暗濁流，他曾偷看過

簡陋的美術室裡硬朗的身體，為舒展的
肌肉線條著迷，卑怯地低下頭去。一切
彷彿都已發生過，似乎沒有什麼還可以

繼續發生。下午四點，他以差學生的身份
逃出教室，在狹窄的西摩路*上揣摸兜裡
為數不多的銅幣。不會有更多的人陪伴

我，他跳上西行的電車，穿過普陀*
色澤暗淡的寺廟來到近郊的河邊。今日是
禮拜五，河道上停滿大小不一的駁船，魚飯的
熟香讓他想起自己不曾半飽的空空的胃。

落日已近了，你我就不再是彼此親密的
疏離者，在蒸騰著汗水的出租屋裡趴著小窗
乞求食物，讀小說，想像自己並不會

對這個喧囂的時代有所負欠。漫長的夜晚
危險的試探讓他難以成眠，短暫而猶豫的交纏
灼熱的呼吸和漸漸疲憊下來的手臂。

路是無可退的，他知道希望是另一個詞。
他，破產的鄉鎮小學校教員的兒子，窮困
潦倒的二〇年代大學旁聽生，他虛度於

經濟尚未變好的時光裡。他仍舊和剛來
這座城市一樣，靦腆，四肢單薄，在虹口*
遮天蔽日的梧桐樹下會突然失去信心。

2014.7.29

※注1：西摩路，現名陝西北路，1920年代屬上海公共租界。1924年，左翼
色彩濃厚的上海大學遷址於此。

※注2：普陀，位於上海市西，臨蘇州河三角洲，多寺廟。1920年代，普陀
大部尚屬村鎮和郊區。

※注3：虹口，位於上海市區北部偏東，南臨黃浦江，夾蘇州河河口。1920
年代，虹口南部臨蘇州河一帶，逐漸聚居大批日人，成為日人居
住、商貿往來的會聚地，民間俗稱「半租界」。1920年代後，虹口
亦逐漸吸引大批流落至滬的文學青年和左翼青年，成為左翼文學的
肇發之地。

見魯迅

在這條狹窄而過於清晰的馬路上他們顫慄。
或許是因為寒冷，他們就分開。他們找魯迅先生。

走得太快，就錯過菜市場，汙水淤積在本就不寬敞的
人行道上。五金店，修車鋪，大概是三〇年代，年輕人
從四處來，敲門，包南方人不常吃的餃子。

十一月，水果攤上的冬棗已上市。脆而硬，他常常
想起哈爾濱。幾月幾月地不洗澡，累了就倒下，互相捉
頭髮裡都懶得跳出來的蝨子。

有時候難得有點閒錢，他們就把中央大街
從南往北走一遍，太冷了就忘記吃，就不記得
半熱不熱的腸面，俄國人開的麵包鋪。

他記不住魯迅先生的住處，每一個門牌，每一棟樓
都不大辨得清明。有時候他們學著這城市人的打扮
卻總也學不來他們迫促的口音。

他走在前面。他抬頭並且張望，他不問人。
後面的低頭走路，踩路上頑皮小孩丟下的橘子皮。
或許有別種愛，千辛萬苦，從身體裡剝筋抽皮褪下來的。

你知道的總是比我更多。你容納的肺
是熱烈、滾燙，而我則是冰涼。日已將昏，巷口傳出
油膩膩的香味。魯迅先生會出來迎我們嗎？

他們逐漸放慢腳步。冷與餓，清清白白的外鄉人。
凍得直哆嗦，牙齒打顫，他們就數數字，跺腳，把胳膊
伸進袖口裡去。從東興順到歐羅巴，他們把薄薄的外套穿得
又白又舊，他剛剛理過的頭髮是全新的。

好像近在咫尺，好像很快就能擁抱，進門
吃一桌豐盛的飯菜。借著酒勁，人就無辜起來
不去理會廣平和海嬰，我就把新買的圍巾拿給魯迅先生看。

最後他們連搭電車回去的錢也用盡。
就這樣揮霍一空。他們拉著手，手也是冷，胃
也是冷。在哈爾濱，他們手牽手在雪地裡跳俄國舞步
他那樣年輕，有硬的胡茬，心裡總是暖熱。

2014.11.21

1927年

他好像變得又小了一點
在華北平原的霧氣裡醒來。
他問自己，天氣可好，睡得
可好？非常輕易地，1927年
他在戀愛，明昧不定中
彷彿同時是好幾個人的情人。
他帶一點點政治激情，在
遊行中，時而快樂，時而
厭倦。他開會，在平民學校裡
義務教一兩鐘點課，隱祕的
關聯裡，他不在意修飾
自己的身份，卻很清楚
自己是窮人，有時左
有時也在咖啡館裡翻
進步刊物，談閑天，在意
精緻的物件。他和許多
同樣從鄉下冒死進城的
夥伴一樣，畫地為牢
至今未脫鄉下大學生
昏濁的稚氣，常常
失去方向，心猿意馬。

有時候，北方的氣候讓他
覺得衰老，有時又覺得
蠻年輕的，可以攢足力氣
繼續念書，可以幹革命。
這年秋天，他常常想起
潮汕家鄉，要不要
南下武漢。「在海邊鄉下
漁民們會在暴雨前的天氣裡
出海，再也不回來。」
後來他乘火車到天津租界
在拉薩道的小旅館，他意識到
自己是個逃難者，卻沒有
逃難的心情。他還想去
跑狗場看看，到奧領館前的
河灘暖陽下坐坐，寫寫詩。
他不時想起家鄉海產
葷腥裡蔬菜的甜味。
非常輕易地，1927年
他認識的一兩個北洋公子
把他接進日本人經營的家。
他找到了教書的新工作

百無聊賴地，舊天氣很遠
青年的生活很遠，軟草
虹霓中那三兩點星子淡雲
一派蔥蘢的山河歲月。

2017.2.7 *海南鄉下*

蘇州河

苦澀之果。站在臨河的平臺上眺望
我不再能數清混濁的河面上有幾條船

工廠沒有了，碼頭再也找不見
一排屋簷坍塌的老房子裡傢俱四散灑落
制服大概是灰色的，或者藍色，像
我對你親切的呼喚沒有應答。

我突然想起一個叫蕭開愚的人
好像我們剛剛吃過午飯，正對著這陰冷的天氣
打呵欠。好像他擺擺手，從平臺走回屋裡

爐火熄了。或許本就沒有火。火是想像
梅雨的五月，天與地連成一片廣闊的灰色河面
大學生三三兩兩過橋，咳出寒冷，著裝不再統一

我總是弄混這樣的時刻。好像我就站在河裡
好像我看見那些急迫的剃挨邊短髮的十九歲男孩
從橋頭奔向橋尾，把全身的力量聚集在腳上

河面變得寬闊了。我置身於一片無人問津的野地

這是我問候你的方式，我把我全部的記憶灌進河裡

2013.5.17

蒂邁歐

我們生活在太陽的背面，在白色之中。
希望的變成空的。你巨大如藍色。
食物總是不夠。我們談論的不會變得
真實。我掰開一個蘋果，一半掉在地上。
樹不說話。樹承擔並且見證。你的鞋落在了
屋裡。如果渴，我們喝水龍頭裡的水。
運氣好的時候，我們到河邊漫步。暴雨
過後，河面變得汙濁，凝滯，泛著腥臭。
總是這樣的天氣，雨無法預測，我們
愛幹什麼就幹什麼，消磨一個下午，坐起來讀
蒂邁歐。「造物者知道，有一天男人會變成
女人，女人會變成獸類。」*總是會有人
離開。如果足夠龐大，我們就停下來。
天使是一個工人，穿過河邊的臨時板房
來到我們大汗淋漓的寢室。他命令我們
坐下，我們就坐下。他站起來，我們也
站起來。總會有寫不完的信件，暮色
總是來得不合時宜。記得
關門，天使說，記得照鏡子。太可笑了
我開始學會談論我自己，看著自己留鬍鬚。
肥皂只有一盒。牙刷一支。毛巾兩條。牙膏

是公用的。要記住你的面貌和鞋碼。要記住
這些遺失的年份是你的。在工廠我們著裝一致
鐵，那是我們的手，從平臺上跨過去
至少每一次都會有那麼一點與眾不同
一個告密者，天使說，就得剪去會說話的
頭髮。這是回歸整全的第一步，然後是
吃。如果水熱，我們會難得洗一次澡。
黑板上有一些白點，一些白色的圓圈
和三角形。入睡前我們認領各自的氣味
你的鞋與我的鞋，我們呼吸勝過沉默。

2013.9.14 彰武東走馬塘

※注：[古希臘]柏拉圖‧蒂邁歐篇[M]. 謝文鬱，譯注. 上海：上海人民出版
　　社，2003：76E.

一個作了中學教員的下午

小革命彷彿經年，雨霧中
人面浮躍金光的冷。昏昏
沉沉一日，講壇上下，東坡
柳永，問學生可知唐宋代際
詞體演變，騎鯨公子
蹉跎於茫茫海上。
少年少，尤記山中日子
三五成群，屋頂上談閑天
摘枇杷，三兩人紅面繾綣
消失於午日的晴朗無雲。
這驟雨輕打黃粱，海外
銀河波浪，呼啦啦一片
鳥群的自由貧寒時光。
也是了，這山中四處藍星
水袖，晝眠芳草，魚塘裡
睡蓮開過，姑嫂相答
飯否飯否，一派雍容歲月。
且慢，如今面南而站
窗外世界，風景天色
樣樣難看，婆娑惡雨。
講臺上記山水遊，鞋履

輕款，學生造句練習
可知柳公性靈，無限繾綣於
清潔的悲哀？他終究從
卞之琳繞到張愛，日夜
冷暖，常德公寓冰涼的
天臺。那學生中與眾不同的
談論如何厭倦於中產上層
面子上的生活，憂慮於
如何做一個同性戀左派。
問題還是，繞一大圈
古典，如何接續1927？
白板上鄭重寫下：
「中國的日夜」，臺下
臉容遊移，好學生眼中
泛起迷離星光。從哈爾濱
南下，上海西區菜場
藍色國布的行路人。
你終於還是奮起
從講臺上把小時代擦去。
去秋清雨飄零時節
碩士論文，英語考試

無暇於小情逡巡，胸中
暮鼓經年，踏遍北地河山
24小時便利店。文本分析
無關痛癢於詩詞鑒賞、山水
遊蹤之格局，應試還是
混淆視聽？模模糊糊
忽聽得下課鈴響，三兩點
鐘聲之外，學生
扶鏡自起，天真靦腆的
少年人，彷彿
天外來的，不知
歲月忽晚，老之將至。

2016.11.26 雨日收衣，彷彿天上。

朗讀

他們涼透了。他們立在橋上。
他們帶的棗子發酸了，手指一按就陷下去
七個人，他們知道。

市郊公園裡有幾棵李子樹
有一排冷杉，更多的是矮松和梧桐
他們在公園邊緣的草坪上坐著

有一些詩人死了
他們被槍斃
他們默默朗讀他們的詩作

「苦悶之中我看見一顆跳閃的心
血肉模糊的，金光閃閃的心
我只能喊出一個名字，他們會走遠」

戴黑色制帽圍圍巾的男人不會回來
戴圓框眼鏡害鼻炎的男人不會回來
戴手套高個子穿皮衣的男人不會回來

他們在寬大溫暖的房間裡坐了四個小時
他們周圍的人來來去去，他們困倦，他們穿皮鞋
他們不會走，不會跳起來

他們每個禮拜聚一次，在每個禮拜天
在郊外公園的長凳上，他們互相等待
七個人，他們知道。

「湖的東面是城市，巨大的工廠
他們衣衫襤褸，他們寒冷，易怒，嗷叫
時間快一點過去，他們逃離的心」

在大學裡，他們旁聽穿西服的先生
他們總是落在後面，大汗淋漓
夜晚他們寫作，印傳單，談論下一期的雜誌

公園裡的非洲菊有兩叢
清冷的早上，它們搖曳輕飄飄的身體
張開饑餓的嘴巴

他們越來越憔悴。他們在市郊公路的泥濘裡
豎起一座墓碑。「我渴望疲勞致死，在一個充滿希望的
春天的早上，我收起子夜和鐵流」

他們沒有吃完棗子，棗子滾落一地，堆積在橋底
他們放慢腳步，張開手臂。他們的手腕感到寒冷
七個人，他們知道。

2012.11.4

南方黨員

我們有饅頭。每天吃半個，剩下半個
埋在枕頭裡。我們嗅乾燥的汗水和鬍鬚。

總有一些人會跟著你。雨後形成無數隻閉著眼的水坑
工廠東面是祕密森林，炎熱的夏季，我們脫掉藍色工裝褲

跳入水中。龐大的事物逐漸顯現它的輪廓，它宏偉，令人生寒
我們要走了。我們穿越矮小的荊棘林，我們的手臂和身軀

東方有棗。我在粗糙的手掌紋路上畫一條棗之河
平原廣袤而無邊際，我們在清晨散步，把襯衫搭在肩上

「或許應該吞下去，連同它的皮膚，它的肌肉
我們連骨頭都不嚼，整個兒吞下去。」

我在夜裡五點驚醒。我摸索枕頭，拿出饅頭
過了五點就要陸續起床，我們會繫上扣子，變得一模一樣

每個禮拜天我們看趙丹，讀創業史，做筆記
透過薄暮的雲層我們撒謊，在黃昏中站成一條線

2012.11.9

看雲錄

那屋頂在我們離開之後就再也
沒有打掃過。平臺上六七個人站著或
坐著，雲中傳來機翼穿過的聲音。

十幾歲，常常有人在宿舍的
窗玻璃外喊我：別看書啦，出來玩吧！
我們就繞過噴泉，從學校的磚牆上翻下去。

那是在江灣的最後幾個傍晚。
沒有先生管我們，也沒有一個人
離開。我們似乎變得特別要好
做什麼都在一起，你和我，我們
一起爬到禮堂的屋頂上看火燒雲。

最開始雲是魚鱗狀的，是駛往內陸的
大船上一個個鋪滿白色床單的小小房間。
接著是河谷，雲被分割成上下
兩部分，紅藍之間的界線也變得
不再那麼分明。

我們不停地親嘴，摟抱著，把對方身上
溽熱的汗味嗅了又嗅，脫光身子就繞操場
跑著，在飯堂吃最後幾頓飯，喝橘子水
把自己的袖珍日記互相送給對方。

我常常覺得親密，不如這不親密。就像
開口讓人疏離，清白的是我們沿長江航線
趕路，不曾抬頭，並不感到空虛。

2014.8.31

甜美的時光

山火

我從沒有如此近距離地
觀察過一團山火，從沒有在
家庭作業裡仔細地
描摹過它。像一隻野地裡的
鷂子，我追蹤山火的足跡
想找出那個放火的人。後來你
走過來，我們就在平臺上
看林地邊緣的男女孩子們聚會
喝帶酒精的飲料，談起自己郊遊時
在草垛裡做過的糊塗事。有時候
你像一隻受驚的小獸突然站起
發出失去般的、年輕男孩
一樣尖利、略帶雜音的叫聲
彷彿一起度過的多個秋季驟雨般
收攏於傍晚的春光裡，冗長
波瀾不驚。後來我們下到
院子裡的平地上，恰好能看見
太陽落在遠處山巒和林地的
夾角裡。大人們快回來了

背著捕鳥人的籠子
都是好時光。

2016.4.24 夜雨東走馬

夜飲
——寄彬

黑夜裡你清醒
倒酒，火光中的赤裸
讓你顯得並不野蠻
有疲倦的孩子氣。
你問我，來一杯嗎
日出之前，我們
還可以睡一會兒
窗外的流雲是絳紫色的。
黃昏的時候，下起
微薄的雨，很快停下。
七八個人站在屋頂的
平臺上，祝福這對
剛剛結婚的新人。
你抽煙，卻劃不開
火柴，薄暮的天色裡
香煙的火光照亮你
一半的輪廓。
男孩們跳舞，在
屋頂平臺的中央
他們親吻女孩
溼溫的頰，柔軟的絨毛

蹭得女孩們發癢
咯咯地笑。黑暗中
這逐漸擴大的寂靜
穿過多須的廊道
混合著雨，音樂
和透明。那是他們
很年輕的時候，跳
迪斯科，在低燒中
戀愛，襯衫的袖口
挽起，皮帶鬆弛。
不會有太多的干擾
——他們在好的年齡
在海邊。學生模樣
這貼面舞的夜晚
男孩們的瘋狂
片面、殘酷。
一定有什麼
正推遲晨光降臨的
速度，以至於
大塊的沉默
讓人變得熟識

——熟識又陌生。
有多少年他們
沒有在黑暗裡
醒來，聽見
風雨裡焦急的
趕路。已經忘卻了
一些雨，忘卻了
一些聲音。不經意間
發現的，沒那麼苦
倒是有少許甜
爭辯、苦澀。他們
相見時，苦惱於
白色襯衫繫不緊的
鈕扣，尷尬地笑。
男孩女孩都睡著了
輕微的鼾聲裡
他們靠著，倦於
拾起地上的小海產品
倦於談話。沒有什麼
可以停止這虛度的
光陰，如何在殘忍中

模擬一種溫柔。
後來他們坐起來
倒酒，看窗外
久聚不散的人群
如何退到暗影裡
擁抱，互道晚安。
沒有什麼可以
失去的，──
他們的財富那樣
少，那樣地，像一對
長途跋涉，卻
剛剛認識的新人。

2017.2.16 凌晨

遠足

一路穿行於城市的郊腹
那些長久惦念的，又再次
熟稔起來。連綿起伏的山
山谷裡隱約錯落的小廟
無邊的溪水、蜻蜓和稻地。
南嶺峭拔的風景裡散發
熟透的瓜果爬升、漚爛的甜味。
有小孩子游泳，招呼路上的
行人們看他。手臂上有
刺青的年輕人，頂著烈日
無目的地盤桓，大搖大擺地
絲毫不為他們漫長的無聊
感到羞愧。夏天的藤蔓
生長，空氣的確是清新的。
車裡傳出講鬼故事的訕笑
男孩抓女孩的衣領，伴著
冷酷、嘲笑的聲音。女孩們
下來了，戴墨鏡的女孩
找不見賣飲用水、小食品的
店鋪，又折回來。非常多的
小孩子從河邊呼嘯上來

停在車窗前向裡面張看。
去年春在雞鳴寺，他們懷著
遠足的心情，看小池塘裡
還沒長開的荷花，手指尖
重疊的稀薄雲色。他們剛到
這座城市的時候，都不是
為了對方，寥然地在城牆下
走一段路。洞開的門野
也好像變得很清涼，帶著
溼溫的雨。在清涼寺，你說
爬嗎？我們就爬上去，再到
石頭城，繞回到公路上。
小孩子們走了，他下車
在鄉野裡從南到北地瞭望。
一座一座的孤峰連結著
他們，又或是連結著
他們之中的任一個
連結著天和地。

2018.8.17 滬東北颱風天

聚會
——寄彬

一些人醒了過來，一些人
往自己小幅度的身軀上套上
汗水漬漬的圓領衫。那沒有
影子的，晃蕩在明亮的廚房裡。
或站或坐，分散在小茶臺四圍
那徹夜寫作的，人群醉後
點亮一支煙，如今已是滿缸煙雨。
打呵欠的，手臂伸直，往
冰箱裡拿一罐氣泡水，一口
吞下。牛奶在微波爐裡熱著
平底鍋上傳來雞蛋快熟的香味。
這是無比柔和的清晨，有人
踮著腳尖從快要清醒的人群中
穿過，到陽臺上晾曬夜裡洗好的
襪子和床單，把鞋子整齊地
攏在百葉窗綠色的棱下。
太久了，他注視窗外的景色
用最緩慢的力氣，看管道工人們
如何聚在一起，做好上工前
最後一次例行檢查。微風拂面
四處是藍翎綠海，人群的旗幟

彷彿是迢遙不定的。那最會
收拾自己的，把多毛的手臂
貼在頰上，用呼吸蹭他
光潔的脖頸。「這是
我的……我是另外的。」
那幾乎是後來，所有人
醒來，圍坐在一起
用一種開玩笑的、相互
嫉妒的語調談論起昨天夜裡
發生的事兒。那時他們才
二十多歲，還在大學裡
他們像看戀人一樣
互相看著，像看什麼
註定逝去的，那最
平靜的又再涌起。

2017.4.8

石榴

他有時駕車來，在很小的
地級市的機場裡見上一面。
面對面坐著，三個人，又或是
兩個人，星影寥落的小咖啡館裡喝
人造、即溶的咖啡，不問候
彼此的姓名。年輕的時候
他穿與身圍完全不符、過於
寬大的襯衫，戴電子錶
男孩女孩環繞他，給他
買電子遊戲，在市中心的十字路口
旁若無人地牽他的手，好像很近
又不近。「我並不喜歡這個姑娘。」
1997年夏天，他去長城，搭順風車
同道的纖瘦、頭髮燙捲的男孩
陪你在帳篷裡過夜。牛仔布裙子
旅遊紀念衫，吹口琴的南方
女孩，混在塑膠涼拖、彈吉他的
人群中間，陪你過夜。你寫信來
在風和日麗的早晨，說不會
南行了，就留在北地的城中村
種花種草，租一間南北通透的小室。

「我想我可以去小公園散步，看湖上
鳥群的聚散，不至於擄走一些
消逝的光陰。」後來有跳迪斯科的
男孩來宿舍，沉默著，把巨大的
晶體管收音機留在你的桌上。
「他還欠我一支歌」，吹泡泡糖的
女孩說，在你的床上坐坐，又
起來，寥落地走來走去。
只有兩分鐘了，我站起來
手心微汗的潮熱被他握住。
值得眺望的是我們在
運動中，就不知身邊
奇妙的靜止，不至於接近
一種失敗。二十歲的時候
我們在風雨裡打球，喝
冰鎮汽水，汗水直立。在出國前
你說你會回來，另一個人
搖搖頭，三個人，又或是
兩個人，在登機口燈火迢遙的
暖風裡招手，輕輕將我抱住。

2017.8.18 滬東北

好天氣

後來他們打開窗，漫不
經心倚靠著，朝房間下面
車水馬龍的街道揮手打招呼。

或是一些短暫的即興於親近的
困頓中不那麼閉鎖地重現。

沒有來得更快，也沒有比慢
更慢，故作喧囂的男孩把皮膚
貼在那籠統、茂盛起來的愧怍裡。
扶著欄杆，裊裊地站著，抬起頭
問路人點一支煙。

這春日柔情、多面的掌拂過
霓虹初上的城市，手臂向前的弧度
被汽車揚長而去的呼嘯收攏於
那不曾拽緊的、聚散明滅的
小小承諾裡。

他們上到平臺上，又下來
把透明的塑膠幕布從多肉植物

平靜的光影上挪開。「外面的人
看見了我們，會停下來
說三道四嗎？」適宜的溫度裡
他們哼起歌來，又跳舞，把
煙圈溫柔地吐在對方漸漸
黯淡下去的臉頰上。

沒有水，他們誰也沒有渴
風吹開窗簾，他們在上海邊疆
柔和的光色裡眠著。五金店傳來
拉上鐵門的聲音，有人收衣服
有人用中原口音喊在外玩耍的
鐵牛兒似的孩子回家去。
不遠處的菜市場迎來一天中
最後一批主婦，公交站的看板
亮起燈來。薄薄的一層
花木蔥蘢的街道上，向前
向後的震悚，不至於有
焦灼的脾氣，人群裡的交談
也變得蓬鬆，而不懊惱於
一種倦怠的稠密了。

好天氣裡站著，懶懶地
發短信，坐在便利店前喝飲料
乘涼，不知天高地厚地抱怨
晃動的時局與風景。人面相交時
都是岔路裡煨熟的眼睛。

2018.3.26 走馬塘

交談和一日

──給C.H

回家的時候，非常倦了
看見公路邊上賣小龍蝦的
燒烤攤。男男女女
有謙恭的神色，比我
年輕一些的，對著食物
有神聖、渺茫的感情。
一些人隱在樹叢後，一些人
坐在路邊的長椅上談天。
夾雜著一些風涼，帶來
微不足道和下雨的消息。
家樓下開了兩家洗頭的
兩家足浴店，幾乎
無人光顧。會有一些快樂
平庸，並且短暫。
溽熱的空氣構成了這裡
汙水和菜市場，電線杆
一直凹陷的路面。
黏結在一起的是口音
來自安徽、河南，或者更少
我曾去過的地方。你
會輕易變成你所恨的

那個人嗎？不合時宜地
轉換話題，在一無所有時
痛苦地劫持你？
很小的時候，為了圖吉利
家裡燒矮的松樹椿，外婆總說
「我們是鄉下人，我們
很窮！」就像表白時，人
羞於說方言，要說
帶著方言的普通話。
一本正經的，卻總也
說不好，要無端打鬧一陣
才好過。空氣可以變得
更潮溼，情話也總是
千篇一律的。你尚且知道
那近的東西疲乏，帶著
血的昏熱。愛，或嫉妒
或那個得不到的躍躍欲試
清白無辜，張開的手臂
瑟瑟發抖。

2015.8.20 候雨過午

防波堤

——給秦惟

在防波堤，目之所及的一切
都不拖沓，都是清晰。
不小心繞進來，頭尾都
顧不到，向前向後
也沒有什麼分別。能看見
一些集裝箱改建的宿舍，窗戶
上鎖，有海釣者一動不動
對著薄暮的天色出神。
從來都是這樣，繁複令人
厭倦，有喑啞的聲音。
這片混凝土圍成的
人工海域，有一些平日裡
不常看見的快樂。比如
沒有石頭，沿堤幾乎
寸草不生。傍晚來跑步的人
大口呼吸郊外清新的空氣。
海沒什麼可看的，海
是灰的。不過三兩個人
有一茬沒一茬搭話
保持一段不那麼尷尬的距離。
這好像不是最後一次在

海邊，在防波堤即將整修
之前。離石化廠很近了
那些在混濁膨脹的熱氣中
緊鎖眉頭的，突然亮起燈火。
直到傍晚將盡時，白日的燠熱
才退去。你是知曉祕密的
那一個，海比詞語危險。

2015.8.4

海邊事

後來他們從平臺上跳下來
在泳池邊的小松樹林裡探頭張望。
穿越行車線時，太陽恰好落在
蜿蜒的谷地和白色平原的夾角裡。
上大學的時候，能看見大海
戴著頭盔在郊外的公路上兜風。
酒喝得越來越多，相互推搡著
牽起手來，招邀著本地的鄉下
女孩子，又親又笑。他們唱歌
又跳起舞來，調跑得離譜，風和
日麗的快樂裡，一切被耽擱的
又再次團結，有新的振奮。
終於落山了，男孩們脫下上衣
赤腳走去餘熱裡氤氳幸福的
白色沙灘上。那燙著人的細小
沙礫，雀躍閃動的光明裡的
小小伸展，被過濾成
另一種緻密，另一種我們
不知道的、遙遠零星的恥辱
幕布一般聚攏過來。星星出來了
燈塔裡蓬勃、聳動的驚喜

是他們還是警校生，故作驚慌地
於野地裡撿石頭、跳水，沉默於
在山和海之間，尋找一個
迢遙無定的位置。現在他們從
汽車的後座裡出來，在郊外停車場
廢棄的油桶和輪胎前駐足
猶豫著，看一群海濱鄉下女人
腳步輕快地從他們碩大、體面的
生活裡跨越過去。海水裡
升騰的浮沫，他們年輕時
漫不經心撒過的謊，似乎從未
欺騙過的，柔軟、堅固的
東西不會逝去。

2018.3.20 夜雨東走馬

郊外

很奇怪，有時候你竟然
發短消息來，邀我去郊外的
小村莊散步。你抽煙
站在馬路牙子上，又下到
馬路中央，在水坑中
輕快地跳躍。我不記得你
三十歲了沒有，卻蓄起鬍鬚
一件海軍藍的舊襯衫撒開步子
在路邊的荒草地裡胡亂地走
胡亂地嘯叫。這種灑脫是
年輕的。就如我換兩趟
公共汽車，坐三十幾個站
與人群和地鐵乘相反的方向。
這兩個月我沒用一點功
很自由，至少胳膊是輕鬆的。
我回短信給你，說我喜歡
坐公共汽車，看沿路
被雨水打溼的閒散人的
悲哀、睡眠不足的風景。
後來你走過來，滿不在乎
非常瘦。我們的傘

在午前的風雨裡打折。
我從城裡帶來剛上市的
枇杷，小小的提子。枇杷
有籽，不知道是提子還是
葡萄，連著皮兒一口吞下去。
有時候我對這近距離的
漫不經心非常恐懼，近於
丟失靈魂。而你說起新的計畫
卷起袖管，在被拍賣的圈地邊緣
弓起身子。我記得秋天時，爬
西山，你步速很快，時不時
回頭望我，怕我對著林子裡
突然躍出的灰喜鵲出神。
好大的喜鵲！我驚呼，而你
沿著山路徑直向前，不再
掉頭回顧。空氣裡有野菊花
有短尾巴羊糞便依稀的甜味。
如今你要離開這座偏僻、靠近
飛機場的小小村莊，半空著
行囊去北，最後折回來。
我不知曉你無限繾綣的臉容

憂愁而近於有葳蕤的風度。
後來在樓梯間，你掐滅煙火
親吻，舌與唇，雨水和汗水
夾雜在一起。後來有人上來
你就停下，再點起一支煙。
你那天抽了很多的煙，以至於
瘦進而黑，顴骨嶙峋。
這一切雨水中的昏亂
跌宕，並不能
打擾到我們。我想這一切
都是對的，我歡喜時，出門
赴友人的招宴，你潮熱的
胸腔灌下的是酒，是
升溫的雨，雨的南方。

2016.5.30

爬山

厭倦於站在山頂上
對漸晚的流雲呼出熱氣。
「它是美的。」你說
在想像中，我們似乎
從未在意過這裡。
美，這個詞讓人驚悸
讓人覺得太熟悉
太多年沒有去觸碰過它。
只有一條路可以下山
通往郊區廣袤的腹地。
無限，遼闊，清潔
這些詞都可以用來
形容你一直形容的
那些東西。美，好像
一片金紅的苦楚
都是可以挪開的。
手指尖撥弄雲色
把成片的紫混合成
黃與藍，湖澤
邊緣的銀與綠。
下山彷彿是

隔年的事兒了。
小徑上的年輕人
潮溼的燈籠草前
敲響指兒，一步
一回頭地對著
枝椏間的天空
胡亂地嘯叫。
雨後初晴的日子
萬山萬水都眠在
溫良的夕光裡
柔和的，在或不在
都不那麼重要了。
沒有辦法聚集的
就都散開，跳躍
水坑時，步履是
輕緩的。我們很久
沒有從低矮的山谷中
穿行而過，很久
沒有在郊外的野地上
看收割起來的荒草
池塘裡枯敗的荷花。

還是那樣甜蜜的
像是過去發生的
金色的斗篷披在
你的身上。總是這樣
快的事物變得慢，巨大的
有瞬時的欣喜。我聽見
不遠處工地裡傳來的
聲音了，一下一下
像潑水，像女眷們
買菜歸來，彷彿
在這裡，彷彿不在。

2016.12.4 滬東北雨後初晴

海灣

浦星公路往南，郊外一片風光。
可以上到堤壩上，可以沿著圍海的
田，一路蕩下去。那藍色、灰暗的一切
蜷縮在狹小的胛骨裡的，混濁
閃閃的心子雀躍。躍過海堤，你是
黃藍之間的界線。晾衣繩上
晾衣裳，金色的草皮上
男孩女孩放風箏。那闊大平緩的
苦楚偽造，南國一派花木蔥蘢
闊人的門庭和高爾夫。你聽見
萬國來朝的口音，海灣的
脾胃裡繚繞於人的淺色憂鬱。
這公路筆直，消磨幾點鐘小旅館
喧鬧的海濱排檔裡，上演中原蘇北
大戰。坐在馬路牙子上喝冰咖啡
你說，以前做學生的時候
很窮，現在好一點。樹影下
年輕工人撩起上衣談閑天
男男女女尖銳地笑鬧。
已經涼了，這是初秋的海濱。
撒開步子在郊外田野裡走是

自由的，穿行於汙水池塘之間
是痛快的。你甜醉於這
東方人工的異域風情
千百萬人踏過的粗糙砂礫。
去浦東，去徐匯，去楊浦
這海濱一束芒仿若世界的
珠母色腰帶──你不再
繾綣於低學歷的苦訥
踮起腳兒卻步，你是
又不是，郊外綠野空清。

2016.8.14 車過楊思

亭林鎮

偶爾你叫我到鄉間散步。
那是春天的時候，我們起得早
出發也早。有時候你騎車
但不是騎去郊區，你常常停下來
在路邊等我。在公共汽車站
我數從市區到亭林要坐的站數
你說你小時候住鎮上，有
一個小廣場，你常在路邊
流動的冷飲攤上偷冰淇淋。
郊區的空氣是清曠的，平原上有鐵路
經過。你說，再往南是金山衛，是石化廠
然後是海。海，是郊區的饋贈
我好像第一次放下了生命中那無從
說起的、怪異的溫柔，漫步於
鄉間公路筆直延伸的莊稼地。
這些天我在家裡，和母親
吵架，一遍一遍想，二十五歲了
一事無成。母親說，他的心很重，白操心。
現在是二月，天氣暖和了一些
朋友似乎也多了一些，可以揣著口袋
去水果鋪給母親買幾個甜橙子，可以

念書。出梅入夏，我常常想起你
邀我去鄉間，下了公共汽車
我們就在曬得乾熱的田埂上走路
窒悶的塵土包圍在我們互相厭憎的
熟悉裡。你對長句子宣判死刑，對詩
上絞刑架。沉默著，我們就繞
草垛來回走，放下手來，在虛空中
變得廣大。

2015.2.15

去金山

——給秦惟

第一次去金山時我二十歲。是
冬天，六七個人，男男女女結著伴兒
翹掉一下午的課，去郊區看渾濁的大海。
在候車室，女孩們伸長胳膊看你
心不在焉地談論電影、信件、友朋的問候。
你和其中一兩個談戀愛，夏天的時候
你留鬍鬚，把其中一個領去小旅館
爭吵，把陌生的女孩帶回寢室。「這是
隔壁校學社會學的女生，叫……」
偶爾我們躺在硬板床上，你跟我談論
她們如何爭風吃醋，背地裡搞小陰謀。
她們都很傻，你說，好像你不該為此
負任何責任。南行的火車上你一路
發抖，外套單薄。你的圓框眼鏡是新配的。
在海邊，堤岸曲折而漫長，女孩們
喝啤酒，跳起來，轉圈，說胡話。
漫無目的，我們就下堤，翻越工廠區的圍欄
恰好是下工的時候，石化工人三三兩兩從
塔樓裡出來，紅色的頭盔遮住被汗水
髒汙的臉頰。很快，海面被塔樓的燈火照亮
空蕩蕩，連海水的腥臭也不那麼難聞了。

我向前走，你面對我，呼吸，我們
冰涼的肺與脈。許多年後，當得知跟我們
一塊兒的一個女孩去世，我再次遇見你。
你說你現在住在江灣，有三室一廳的
房子，有一個女兒。你開始謝頂，張羅著
要不要辦一個大學同學聚會。我看著你
忙上忙下，打招呼，額上的皺紋閃著亮光。
在金山，我們踩堅硬的礁石困難走路
年輕的工人站著，對著茫茫一片嘶聲大喊
他們向前伸直的手臂從沒有彎曲過。

2015.2.4 病中

在海邊

一些樓層已經建好，一些
還是建築工地。羅馬式門廊裡
閃現的，鳳凰花木的蜜色珠蕊。
灑水在地上，日影中波折，那
金光閃閃的日影是快樂的，快樂
近而通身透光，有虹霓的曙色。
年輕的售樓先生打領帶，群聚在
闃人區門庭冷落的十字路口。
東西各一扇門，海郊的平野地上
也需要交不菲的門票。聽說落潮後
人工的海灘上撿貝殼，此刻都是
混濁的海水，人們下餃子。
「我初中畢業就上大專，在
太湖，學的是機械銷售。」理髮師
一月掙一萬有餘，售樓先生怕是
更高不止。金山，奉賢，淀山湖
十四公里海岸線，這邊怕是
風景獨好。酒店式公寓已經
銷售一空，超五星的豪華酒店
成為未來海岸的隔斷線。後來
我們在海邊的空屋子裡向外

瞭望，你說，你又開始
瞭望了，你又要寫一模一樣的
詩！總是需要一些自嘲的力氣
人才能於空屋中坐起。這海水
經過人工淨化，海風日影斜斜
從陽臺貫通毛坯的南北。
這些句子你都寫過，你說
你的手臂伸過來，不是苦澀的。
這辰光氣候正好，比市區總要
清涼那麼幾度。還是
一再重複的動作，趴在
欄杆上，內心平靜
瞭望不遠處的大海。

2016.8.15

看蓮花（一）
——給方李靖

我們一直坐著直到黃昏。混濁的河面上漂著那麼幾片
輕浮的睡蓮。跳躍，波光粼粼的，水變得稀少

活著多美好，多麼凜冽。那兩個搞同性戀的
消失在水杉叢裡。鯨魚，冰涼的肺，是兩片掌心的海會聚

絕望是一顆棗。白色的空氣漫過我
他變得越來越 慢，越來越細碎，像你與我站在四月裡

交談。死亡是金色的，那種攀援，赤裸的骨脊與淚
就快到了。成群的鯨魚躍出河面，頭戴蓮花

夏天，它們銀色的鰭潮溼而光滑，天使
從我們透明的身體裡穿過去。

2013.5.22 凌晨

看蓮花（二）

——給王陽

我想我們從未去過那兒。
任何時刻周圍都是安靜的。

河水是另一種響動，天氣還不冷
蓮葉打溼我饑餓的肺。不知哪來的勇氣
再跨過這鬍鬚砌成的城。你仍舊是你
來時的樣子，呼吸急促，有鼾弱的鼻音。
中午之後一天就結束了，我斷定這幻覺
我聽見這滑過又溜去的，金錠子般的光線
從水杉林中灑落，這是充滿的時刻，你是
一種消失，像是清白的東西立起來
你是空空的博物館。

像是兩兄弟，像是直截了當的一次
冒死旅行。為了今天，為了在茫茫之中
伸開手臂，我觸及你的身軀。剛毅，硬朗
隨波逐流，因這徒有其名的責難感到愧欠。
你的臉是遠，是無人涉足的野地。這蜜色的
潰敗中我們的來歷是不證自明的嗎？出來談談吧
談談我們的猶豫，我們不可原諒的心。

「沒有羽做的翅，沒有斗篷」
長途跋涉之後我們終於到達這裡。
像是失去信心，水面沒有波瀾。
他開始喊名字了。他喊你的，也喊
我：像是沒有人，像是每一個人都在愛。

2014.11.7-8

南太子湖

我們知道的並不比一座湖更多
一座湖，立在這裡，擋在平原與丘陵之間
跨過去，把那些清涼的，更清涼的
一併帶走。我們不過漂浮著，輕巧而快捷
像那些突然漲滿的自由的水藻
沉不下去，像空氣一樣，我們是一些
不足掛齒的細胞。坐在船上，風是腥的
從指縫裡呼氣，聚集於指尖，那一對
疲憊、光潔的小東西。「我看見工廠了
有車間，看不清裡面有多少工人。」
我一直知道很危險，遠的
沒有比這個更遠的
我懷念那一小撮鬍鬚。

2012.7.13

殘酷的愛

——六致L

他們因偶爾幾次並不愉快的性事而
彼此厭恨。好日子毀了，他們發誓今後
不再見面，不再受年輕肉體的引誘。

落日將盡了，這總是一天中
令人懷念的一段好時光。

走投無路時，他們就去淡水河邊散步。
一整個夏天，他們的鬍鬚都在瘋長。
天光恰巧是這個時候好起來的，恰巧
在午後。一大片，光穿透雲層，惴惴不安地
撞在地面上。他知道這一刻自己是全天下
最錯的人，好幾個月不寫作，無緣無故
憤怒，把莫須有的不得志怪罪給對方。

水如此清澈，波濤打在岸上，有海鳥飛過
留下的聲音。是你我把大塊的日光吞進肚裡
毫無辦法的渴望，令他們饑不擇食。
他們乘船去最遠的碼頭，一前一後
他們在棧橋上默數著黃昏。

是天海之間的禁地，是大片的蓮。
平空四野，山雨的痕跡也模糊得看不清明。
在無數次徒勞的拯救之後，他們
牽起手來，握緊拳頭。經歷無數次背叛
和爭吵，他們不再告別，他們是全天下
相愛最深的人。

2015.4.25 淡水漁人

日出（一）

真正的絕望是我們看日出。
本來只有一條線，高高低低的樹的眼睛
不帶任何修飾，沒有形容詞，沒有潮溼

他不會再苦於沒有陪伴。
那個軟軟的蛋黃孵出來了，三月末的我們站在最高處
所有閃過去的，所有明亮的離開地面迎接我們
趕著我們去墜落

潮水很快漫過荒蕪的鹽鹼地。中央之舟
沒有什麼更輕巧的能阻止這場早已註定的赴死
他像雲朵一樣升騰起來，像個牧羊人，被召喚回去

就那麼一下，金色的一條短尾狐溜進巢裡
他不會再失去了，他會遼闊。

2013.3.30

日出（二）

最開始我們三個人。
倚在欄杆上向外望，天空是暗紅色的。
欄杆發出瑟瑟發抖的聲音。
一個人在抽煙。

可以湊過來呼吸得更慢一點。可以吐出寒氣。
帶著無法見到的，就把手臂伸向虛空。
明亮的日子裡，我們不會孤單。

披上薄外套，我們假裝什麼也不在乎。
一小片薄薄的紅暈由線及面，再擴展成
金黃與藍色的稀薄雲影。

凌晨四點。他們嗅到彼此身上
半乾不乾的鹹味。不必離開這黑暗，三個人
有點尷尬地沉默，像是
剛剛上大學的新人。

我看見天使了。紅頭髮，披著霓霞
騎在鯨魚冰涼的脊背上。

2014.10.19 *凌晨*

甜美的時光
——給萊明

甜美的時光是他們下山往湖邊去。
剛下過雨，平臺上有涼風吹過
遠處工廠的輪廓變得清晰。

喝了一些酒，人變得潮熱而溫情
他想起冰涼的浴室裡，那些模糊而
危險的試探。有時你寫作，沉默
聽見湖水漲潮的聲音。

魚肚泛白時，就在更遠的一點地方
看你。是夏草初成的圍籬鋪展成平陽
漁火間最後一抹黃昏的顏色。

晚雲遼闊，暮色升得很快
我們說話啊，我們也可以互搭肩膀。

2015.7.22 川東武勝

北海

你不知何處在閃亮，黑暗的
湖面上一大團稀薄的雲影。

在船上，你是遲到的那一個。
坐下來，拿著槳，卻不划，夜雨中
趕路，短袖潮潮的，你渾然不覺。

這是由春入夏的晴日。多交了
幾個朋友，你變得溫暖，不再冷酷。
我知道，這最後的猶豫不再艱難。

時常我們到北海邊散步。你沒錢
卻常常付兩個人的船票。春風沉醉啊！
小船兒蕩起來，先是湖岸的柳樹
再到江心，繞著宏偉的殿宇。

在船上，我們喝點小酒，人群之外
我們聊翻譯。「剛好是這個時節，漲潮
之前，成群的鰻魚從泡爛的死馬頭裡
湧出來，披著羽翅。」

這是海濱夏日，揚叔叔，你可知
透過交談，我們的一生將獲得平撫。

你以朽力震盪山澤，以大鼓的敲擊者
這力與搏，重疊而上的琉璃屋簷，暗夜與虛空。

然而交談是那樣漫長，凌晨五點
我們從宮門口翻越禁地，坐在
湖光升騰的暗淡處。

先是水的聲音，就一小團漣漪
湖面的金線一點一點蓋住瓊樓的綠頂。

北海不是海。這片毫無辦法的
莊嚴水域，向北找不到兄弟，向南
是半吊子的文津街。

2015.3.28 臺北古亭

吳淞口的旅行
——懷友人，一木

似乎從沒有在一個更早的清晨起來
你穿越薄霧的滯重和透明，像是
一個相熟已晚的人。

收拾好礦泉水和一點點乾糧，我們就出門
乘公共汽車去郊外看早春的港口和鐵路。

烏雲流散，雨後，天空是光白透亮的
一次性藥水。或許一場雨是另一種及時
讓人變得不同，有足夠的勇氣。

路止於此，再過一座橋，就是
入海口，再熟悉不過，紅色和黃色的
塔吊，剛硬的集裝箱。

整個冬天你蓬頭垢面，不理髮
袖口裡有油津津的潮味。鹹而苦，這讓我
安於此刻的貧窮，殘酷而近於陌生。

我們走，沿成為小公園地標的鐵路架子
和晨練的老人一道融進太陽初升的遠光裡。

下到江堤上，遠離人群，我們像是
自斷尾巴的隱形者，無人觀賞
水是渾濁的。

分不清哪片是江，哪片是海。
像是去一個從沒有去過的地方
我們沉默，張開手臂。

2015.2.7 夜中不能寐

暮晚時看江

——給向茗

很快，江水漫過河沿
山巒間有流散的霧氣。

至於後面那個人，我們不再談論。
好像談論是另一場雨，緩慢，這
大口的吞食，對著川東谷地溫良的血脈。

那種照面是刻骨的。好像盼望
讓人快樂，辨別不明什麼是陌生，隔著
清潔漫長的雨瀑。

的確，我們一起看過很多蓮，很多
荷花。只睡四五個小時，我們就醒來
立在船頭的甲板上。

可以讓無辜的道歉更少一點，可以
穿過人群。漁火點亮的，我們就拾起
在江岸上，我們記熟船家油膩膩的口音。

總是那個掉隊的，最先觀察到
雲的變化。山與水，波光粼粼的顏色。

不遠了，你迫促的姓名在這
奇異的溫柔裡還會尖銳而不懊悔嗎？

若分別得更快，就能看見
廣袤一片天際線收攏於近岸的山川和谷野

船家起錨，在晦暗升騰的江面上
匯聚成一個點。

2015.7.25 車過合肥，晚雲驟至。

令人不安的

Happy together

他湊過來，三個人
他很熟悉這邀請，飄搖
在這小小的內室，那
怪異、明滅不定的
層疊過去，又忽而停下來
顫慄在房間裡。他像個孩子一樣
看對方的眉毛，輕輕親吻它。
另一個人把嘴貼過來，柔軟的
唇舌，露水裡小荷尖尖直立。
他彷彿並不置身這個房間，又
彷彿深深地沉湎於它澎湃的秩序。
他看他們撫摸起來，器官的
輪廓顯影在空蕩蕩的金色
事物裡。他想他愛他，又或者
同時愛這兩個人，又根本
不愛。天氣放晴了，站在樓下
踢石子，看小孩子在廣場上
撒開腿兒跑，年輕父親對著
路邊晾曬的衣物出神，收起
凜肅的容色。一個人先走了
他把手指放進來，接住

落下來的、海綿一般潮潤
隆起的器物。他望他
許久不來，坐在馬路牙子上
發消息，最後走開。
綿綿細雨的南方氣候
他們因傷心的激情而脹滿
在陌生裡漫不經心地相互嫉妒。
他彷彿從沒有比此刻更善良
也沒有比此刻更不愛對方
在沉船裡打著手勢。

2018.7.2 東走馬塘

冰涼的院子
——給安德

在鄉村時，人不能每天待在院子裡。
有時候天黑得早，能聞到男人們身上的臭氣。
混合在近晚的暮色裡，有時有涼風，長輩們
搬出椅子，切一個西瓜。夏夜，水溫良
如祖屋的門面。留平頭的男子是村裡唯一
不出去打工的，在河堤上，他教我如何追趕
一隻鷂子，給鄉人起外號，在林地邊緣小小的
開闊地上解扣子，把手伸在他乾膩膩的頭髮上。
開始時有苦味，空氣裡有稻稈漚爛的腥味。後來
在他哥哥新蓋的小樓裡，相同的動作又重複了
幾次。總是在傍晚的時候才醒來，聽見林地工人
伐木的聲音。在頂樓的平臺上，已經準備好
一些竹鞭，一些紅繩子。在院子裡，長輩們安排
婚嫁，討論今年預計的收成。讀書，打工，或做
生意，他搬運從小商店裡買來的啤酒，在村裡的
電線杆上留下痕跡。你初來時，仍是一個
善男子，說新的話。過年時我回來，站在
屋外的垃圾堆上看雪。真冷啊，工人們

都走了，稀疏的燈火，照不亮
雪地裡的院子，冰涼的院子。

2015.7.30

理髮師

當理髮師看著我把他那不算大的
溫暖的手掌按在我的脖頸上我感到此生
再也沒有失敗過。我注視著這雙
手，這雙毫不修長，對於理髮師來說顯得過於
粗糙的手。他問我，你熱嗎，需要
來一杯嗎。他兩日沒刮鬍，鬍鬚從
上嘴唇一直延伸到下巴。他朝我笑笑，有點
不好意思。他看上去不到二十五歲，他的手
在我亂蓬蓬的頭髮上揉著捏著，很快它們變得
簡潔而輕柔。他笑起來，你知道嗎，他說
在鄉下，我可是短跑第一名，拿過獎杯
我從沒有真正悲傷過。我站起來，在鏡子裡
打量他。二十歲我離開家鄉念大學，是個
單純、固執、頭髮濃密的小夥子，有一雙
充滿才華、力量豐沛的手。我付過錢，理髮師
突然喊住我：別忘了傘！傘，這把我從未見過的
陌生的傘擊垮我。雨水，它們不會落下來
就算我打開門，冒雨走出去。

2013.7.26 桂林

爛梨子

早餐的時候他沒有吃完那最後幾片梨。
你在想什麼，他喝一口水，問我。自我遺棄
我說，這是怎麼一回事兒，你知道嗎？
我把白瓷盤拿進水池裡洗，用抹布擦餐桌上
遺留下來的最後一小片麥片粥的痕跡。他今天
穿白襪子，襯衫的領口敞著，並沒有扣上。
我想你應該把這兩片梨吃完，我把小瓷碗挪向他
看見他細長而骨節分明的手指。連稀薄的皺紋
在日光下都顯得不那麼難看了。這是最後的
兩片梨，我並不看著他說話，吃完就沒有了。
我能感覺到背影中他如何猶豫著要不要站起
搜索著怎麼在調料瓶裡為無處安放的手臂
尋一個位置。夏天的時候他們去屋頂上看湖
還很年輕，她擅長於在酒瓶和橘子水中穿梭自如
和很多同樣年輕的男孩一起跳迪斯科，有大把的時間
可以浪費。那時候他總是一個人，沉默地在一旁
坐著，喝啤酒，並不抱怨窒悶的天氣。在湖裡
他們划船，他總是落單的一個，槳有時在她手上
她就故意划不動它。我想著這些，年輕的
阿爾伯特小夜曲，冰箱內外的白色生活。
我們需要的如此之少，簡單，只不過

再快一點，我們就能學習著相互接近而不再怨恨。
我聽見梨子被咀嚼，像是仍舊有生命，最後一絲氣息
延宕不能毀滅。早餐之後我們各奔東西，他離開
我就收拾廚房，把昨日一整天的垃圾倒在戶外。
有三四個爛掉了的大梨子，鄰居送的，我不記得
它們是昨天夜裡爛的，還是今天早上。

2014.9.4

致L

有時候夏季有海岸線那麼長，有時候就是一雙
冷冰冰的硬皮靴。唯一溫暖的是煤，在海邊，風是
潮的，煤火燃起來有腐爛的甜味。

這些天使裹住我。這些陌生、尚未命名的
一鏟下去，我挖到天使的胃：猩紅或綠，是不可被
填滿——又一鏟，是汗水浸滿我們薄薄的衣襟。

我知道什麼東西是尊貴，在潮水上漲之前
我們剝一顆快要爛掉的苦柚子。每個人都這麼做
他們的鞋是鹹，手掌是乾澀。每一塊

柚子皮都是抽筋動骨，是穿越天使的身體而至血脈
和透明。你是另外一個，不是我，穿條紋格的工作服
吃，而不是說，說是凍硬了的白鹽巴。

這些祕密我都知道。三、四個人，年輕的就躺著
年長一些的就躲在陰暗的管道口放哨。我很熟悉那腳步
慌張，猶疑，穿越葦草時呼吸裡全是撒謊的聲音。

有時候天使就站在我對面，在公園裡
在管道的暗壁上。整個過程我對視著他的眼睛。
有時候他看著我流淚，淚水裡有鐵鏟生銹的氣味。

沒有幾件衣服，每一雙鞋都是一模一樣的。
我們尺碼統一，個頭統一，我們的饑餓是天使賜予的。
會是在另外一個地方重新開始嗎？此時此刻

走，或停，或偷偷放慢動作的頻率
工人們中間那領頭的，最不潔的那個，別過身去
每一鏟都是分離因而每一鏟都離你的快樂更近。

2014.12.5

一次散步

日出之前他們裹緊自己的身體在布滿油汙
的大海邊散步。冰冷的港口就在前邊，在海灣
突然收緊的那個豁口。他們走得很慢，時而
咳嗽，停下，把運動鞋提在手上。一生中並沒有
更多值得期待的事，快樂，我們躲在廢棄的
集裝箱裡，汗水流下來，鹽，我們輕薄的骨與脈。
他們在離開出租屋前刮了鬍子，換上新背心
他們赤腳走在沙灘上，很快他們的腳底變得汙黑而
冰涼。三年前，他們在夏日午夜的潮溼中洗澡
水龍頭壞了，他們到海邊打一桶腥鹹的海水
就這樣看著，他們一坐就到天亮。這是最後一次
互相厭倦的機會了，「哦，這甜蜜的
疲憊，暗紅色的血紋撐開天空撕裂的脊骨，水
落下來了，冰涼的水，我們終於可以洗一次
乾乾淨淨的澡，變得不再猶豫。」都是新的，海岸
最遠處的光斑聚成一條線，絕望
這最神祕的啟示召喚我，坦白我和你。

2013.6.29

一次郊遊

當他放下行李，把車廂裡還剩下的袋裝食品
數了又數，他的兒子跑向他，從藍色和紅色包裝袋的
餅乾盒中抽出兩瓶礦泉水，他想起這是一個九月的
早晨，霧快散了，他突然失去信心。他確認了兩遍
車門有沒有關好，他回想離開家時，他們是如何把
鯪魚罐頭、帳篷、旅行水壺、各自的頭髮塞進後備箱。
他遲到了至少一刻鐘，或許更長。這無所謂。他的
兩個兒子是一起出現的。一般高的兩個俊俏的小夥子。
他們的母親隨後出現，戴著一副令人沮喪的無框墨鏡
他們沒有交談，兩個兒子分別上車，他們的母親，他。
平靜，湖面開始變涼，他跑回汽車去拿一件外衣。
汽車的後蓋大開著，什麼都沒有了。他知道
這一切無法改變。他的兩個兒子，沉默地坐在後座
互相看看對方，並沒有爭搶。他挨自己的妻子坐下
試圖告訴她剛剛發生的事兒。晦暗的寫作之夜，他的
兒子拿作業本垂頭喪氣坐在書房的沙發上。他們不換鞋
雙腿伸直，凝視牆面因漏水剝落的泥灰。多走了
五十公里，他們才到達湖邊。你不需要埋怨我，我們
相愛過，這就足夠。出門之前他付清了最後一筆
燃氣帳單，把電閘和水閘關緊。有多久沒有這樣
他們站在一起，一家四口，面對被盜的新款雪佛蘭

束手無策。也許這是你我預料到的最好的結局
也許是你和我，前一個永遠趕不上後一個。

2013.9.8 彰武東走馬塘

去水庫

猶豫了整整一個上午他們終於決定去水庫。
把外套都穿上，父親說，別像你們的母親一樣
磨磨蹭蹭的，我們去湖邊吃大頭魚。你們
不會知道這些腦袋大的傢伙有多鮮美。真是荒唐
驅車八十公里，就是為了到湖邊吃一條魚。一路上
我注視父親充滿希望的臉，慢慢黯淡下來。他有多久
沒離開過書房？他有多久沒穿過一件襯衫？
弟弟喊我，他就坐在我身邊，說他冷。沒有多帶
一件衣服，我把他抱在懷裡，他才十二歲，什麼
都不知道。幾場雨過後水庫水位上漲，變成
沼綠色。我們就這樣坐著，吃一個四斤的魚頭
湯變得越來越鹹，雨也落下來了。父親像一個野人
把湯喝得一滴不剩，喉嚨裡發出
呼嚕呼嚕的聲音。一整個兒下午他們玩牌，乾瞪眼
百無聊賴。起風後，黃昏就到了。我耗盡此生就是為了
見證這第二次恩典：彩虹，我抓緊弟弟的手，這雙
無辜的手，已經睡著。父親在傍晚的涼風中蘇醒
一天就這樣過去了。沒有快慢之分，一款舊福特

在最後一個週末的傍晚穿越城市郊區的肚皮，進入
夜晚和燈火的腸道。

2013.7.30 西寧記桂林青獅潭水庫之行

最後離開的人

——五致L

他們錯過了班車，停在半道上。
他們攜帶的水壺是空空的。
天氣很熱，他們沒戴帽子，手臂曬得灼熱。

他最後一次試圖攔車。
在公路中央，通往海濱的大道上。
過了安平，路上行人很少，滿是塵沙。

夏季來臨之前，整個南部都在乾旱。
植物變得憔悴，河床逐漸乾涸。
在漫長旅程的對峙中，他們由相伴而互相猜忌。

毫無預料，他們就親吻和愛撫。
在火車上，他們近乎旁若無人。
他們嚼字句，故意用語言傷害對方。

真可笑，永不成器的詩人，他試圖用
毫無頭緒的旅行來緩解危機。

他們背的行囊很重。他故意
讓彼此身陷囹圄，沒地兒可住，沒地兒可去。
他們坐在路邊曬熱的磚頭上，汗水直流。

他只是想懲罰自己。他對失敗的渴望
大過對愛的渴望。毫無希望之後，他坐下來
緊緊挨著對方。

他把對方身上最後剩下的一點零錢拿走
連同他所有的證件。他不再回頭，快走
如脫弓之箭。

近乎毫無怨言，他就被棄置在半道上。
路是筆直的，他知道對方會停在某個地方。
他知道失敗之苦，勝於相互安慰。

只需要一點點的力量他就可以走下去。
多年以後，面對自己的妻子，他平靜地
複述這段往事。

零錢總是不夠用，錢包是空空的。
我捏緊他剩下的零錢，輕薄如他身上的汗。

2015.4.8 臺北古亭

令人不安的

我說出我的話。
我說出他說出的我的話
我把我所有的話吞進肚裡

一切準備好的將來見我
一切嗡嗡響的，不知道名字的
一切盤踞於此的東西變得強壯

我喝掉剩下的水。
我呼吸乾涸的空氣
我升上一個平臺，落下來。

一隻老鼠鑽出洞穴
兩隻老鼠爭搶表弟的藥片
三隻老鼠是毀滅。

我聽見聲音。
我聽見並且看見。
我叫喊，是個病快快的鬧鐘。

「就要亮了。遠處
金色的鯊魚在海面翻騰
溫暖的死，我的寶貝，十二個月的春天。」

我最後一次收拾乾淨
我最後一次吃午餐
我最後一次苦澀而安全。

2013.3.9

呼吸正常

這些餐具需要收拾。
饑餓萬分的老鼠。
煤氣灶，空氣涼了

我出門或是不出門
我坐下，大口呼吸
你睡著，愛是惡臭。

我對無鹽的生活感到
噁心。我從冰箱上面
拿一本油膩的過期雜誌。

我需要做一些事
打開煤氣，又關上
我需要保持年輕。

向下的，太向下的
過一個顛沛流離的週末
我們收衣服，等著下雨

我大概兩周以後去濟南。
親密，是我們不斷互相
詛咒，變得危險和不誠實

這個瓶子。喧鬧的胳膊
和血液。他們編織每一根手指
咬下去。每一位女士

2013.12.19 彰武北

庭院

很少的時候，他會想起
在湖南鄉下，二月裡的
下雪天，長輩們如何
敲鑼打鼓，把一隻
失去了力氣喊叫的
野豬，從山谷裡
抬上來。男人們
都出來了，遊手好閒
對著從鎮上剛回村的
姑娘們指指點點
朝野豬身上丟一支
燃燒的火炮仗。
祖屋裡的長凳子
被男人們用作
潔面的平臺，在
垃圾堆裡，七八個人
追趕失驚的羊群
撒歡兒吠叫。在
山坡上，在山頂
稻穀收割完的小小

平地，新媳婦的
偷情，像是去遠地
郊遊，在節慶過後
天氣逐漸變好的
散漫時光裡。在鄉下
金草地上的合歡
尖銳、放縱，並未
被看作禁忌。
一切還來得及
站在祖屋的庭院裡
看雪。門廊上的
雪，垃圾堆裡的雪
緩慢、龐大地
把整個冬天染白。
寥落的白晝
新屋裡的起伏
潔淨、晾曬。
公雞叫了，這
幸福的阻礙
令人發暈

甜蜜、瘦小的
圍欄。

2017.2.16

孔雀

五點之後他從工廠裡出來。兩天提早
退工，意味著自動離廠。這片只屬於
男人們的地域，寬闊的市郊公路連通幾個
互不來往的工業區。在小公園，他遇見
同樣的藍色工裝，粗糙的皮膚和手指。
他繞湖行走，小心翼翼地觀看——
這個男人有點瘦，看起來不到二十歲
夏天，湖水汙濁、有腥氣，他們躲進小
樹林，快速脫下工裝。他們的身體因疲乏
而緊緊纏繞在一起，太快了，他們躺在
草地上，用手抹乾身上的機油和汗液。
回到出租屋，這是平常的停水日
所有人走去廣場，所有人，刺滿紋身的
男人，妓女，中年的肥胖的，所有人
零零散散站著，黃昏，這一天中
最令人絕望的時刻。明天要找工作
在倉庫，學校，食品廠投遞簡歷。
他想起過去在吳淞，在漫長的

江堤和廢棄的鐵路盡頭閒逛。這裡是
江河入海口，水與水在這裡碰撞。

2013.8.8 京郊張家灣

沒有承諾的下午

只要老虎在，他們就沒辦法
進客廳。他們把茶壺和點心拿進屋裡
把門反鎖，直到聲音過去。「我知道他
並不愛我。」父親的信就放在櫃櫥
這個陌生人，他追求的一隻蜥蜴並沒有
被老虎吃掉。我們很餓，茶點不夠
我們只能依偎著，相互取暖。一隻
體型龐大的孟加拉虎穿越整個叢林
穿越南方淋漓混濁的氣味，來看我。
本來有六個人，我和我的兄弟姐妹
持續溽熱的若干個只穿短褲的下午。
老虎來了，我在游泳池邊看見他們
在盥洗室的平臺上，在靠近客廳的
樓梯拐角。只要聲響在，我們就沒辦法
出門，我們把蠟燭調暗，搭積木
模擬吃晚餐。總是這樣，出乎
所有人的意料，老虎會在陽臺上
低聲嚎叫，把嚼碎的骨頭
吐出來，整整齊齊地圍成一圈。

我們就在圓圈裡跳舞，手把手
就著晦暗的月光，一個一個跳下去。

2014.3.19 彰武北

一個週末

他應該是從這個地方跳下去的。
或許不是跳下去，只是短暫地離開
那麼一小會兒。我帶他們來過，張萬里，余紅
還有一個姓鄧的小夥子。他的牙刷和刮鬍刀還放在
洗手臺，喝過的水杯擺在房間裡的小茶几上。
我領他們到屋頂的平臺，今日只有一到六度
大概就是這裡，我隨便指向一段護欄，在寒風裡
瑟瑟發抖。上個禮拜天清晨，他就坐在這片護欄上
披著那件冬天穿顯得過於單薄的毛線衣。他說他
不想再在工廠裡幹了，他想回老家。你究竟
有多了解我？那個叫余紅的姑娘，把他留在我床邊的
一雙穿了又穿的便宜運動鞋塞進塑膠袋，提走他
布滿油汙的黑色背包。張萬里，他的堂哥，反覆告誡我
他是家裡唯一的男孩。厭倦，我想起新年快到了
我得給家鄉的父母親寄錢，寫信告知他們
我在這裡的新工作。我今年
三十六歲，哥哥坐牢，弟弟
是街道天使。

2014.1.22

天使（一）

他騎摩托車到山下買水果。
快要過年了，這事兒不值一提。
見到我你就毀滅我，在清寒的冬天
燒一個草垛。一個草垛燒著了
連著雜草和乾枯的梯田。整片
整片的紅色，這是一年之中
鄉村裡最難得的好時光。我一等
就是好幾個小時，沒有新衣服，只能
穿著沾滿泥點子的綠白條紋校服
口袋裡揣著汙黑的紅領巾。四五十
年前，整片山野都在打遊擊
出了幾個班長和排長。作為
共產主義接班人，英勇無畏的
少年先鋒隊隊員，我必須
這麼幹。火很快覆蓋我，圍繞
我燒著草垛蔓延至路邊的舊房屋
黃狗吠叫了，老人們的方言也
再聽不清。我今年十二歲，再過
兩年，我也要騎著摩托車下山
去廣東打工，過年回來，買幾個
爛橘子。我足足等了一個下午

天使不會因為目睹了這場鄉村盛典
就降臨。一開始是遠遠的
微弱的光明，然後是馬達聲
拐了幾個彎，他一點一點接近我
停下來，脫掉頭盔。在火光中
沒有什麼能再把我們分開。

2014.2.20

天使（二）

只有那麼一次，你會
因為發現我偷看母親洗澡而
把我死死釘在煤灰的土牆上。
還是那些釘子，你放在
口袋裡超過十年，和你不做
泥瓦匠、木匠而去城裡當
修理工的時間一樣長。
你幫母親遞毛巾，搓背，開門
又關門。最後你把汙水倒在屋外
腐爛的垃圾堆裡，你說
書讀不好就跟我去城裡
學門手藝。跟我走，咱們
到院子裡，看看做一張
條凳，需要哪些步驟。
你戴上塑膠手套，握穩
鋸子，從口袋裡掏幾粒
生銹的鐵釘。你會因
這漫長的疲憊而注視我
或學著在冬天裡不穿毛衣
半敞著拉鏈去城裡趕工嗎？
在屋裡屋外的每一個角落

母親給所有人親手遞上
燉好的西紅柿湯。我看著
生銹的鐵釘沉入碗底
安靜，沒有波瀾。
臨近中午，雞叫了
天怎麼也不轉晴，我回到
冰冷的屋裡。煤火熄了
我躺在床上，我蓋上被子。

2014.2.8

父親（一）

他從沒有衣冠整潔來看望過我。
走了那麼遠，他只帶回來渾身的汗臭和
酒氣。哦，這甜蜜的瘋狂，這進入到最深的洞穴的
天使的晦暗之根，沉入水底，你不會那麼快就浮上來。
這個早晨，空白的房間，清潔的白色裹屍布。我熱愛
這腐爛，這汙染的潮水，白色的天使尿液。父親
我不會在這令人窒息的炎涼空氣裡安臥，這一身
疲憊的空皮囊，龐大而苦惱的欲言又止、快樂、瘋狂。
厭倦，我們相互攙扶，往垃圾堆裡丟一隻燃燒的死耗子。
火從它內部的腐爛開始，腐爛全部長成你，長成你我之間
不可消除的距離。你留落腮鬍，頭髮幾日沒洗，像
剛剛遠足回來的馬克思。「你要知道，馬克思，是
最好的情人。」你口氣汙濁，舌頭僵硬，渾身發抖。
整個夏天我們躲在快要拆除的簡陋出租屋裡
沒有熱水，我們觀望窗外煙霧繚繞的垃圾堆。
總是這樣，沒有任何預兆，天使就降臨──
禿頂天使，父親天使，環繞在垃圾堆和
屋頂的城中村邊緣，展開羽翅
我們平靜、白色而至透明。

2014.1.27

父親（二）

做什麼都晚了。裹屍布上的白色項鍊，廉價的
塑膠珠子串成下午三點我面對你喝一杯四五塊錢的即溶咖啡。
天使，它們總是毫無希望地升起，在我的眼前晃啊晃，躲在你身後像
你從來不曾換過的那件藏藍紅白格子襯衫：禿頂的父親，一雙藍色的
來自熱帶的翅膀。我感到很糟。昨晚我們做了什麼？大概喝多了
我什麼也記不清。你會走，甚至你的樣子也讓我想起夏天的早晨
你渾身熱汗地醒過來，在體臭中擺弄早餐。這不會是你做的，你不會
當著我的面喝下洗衣液在你沉默不語地吞下生雞蛋收拾好盤子打開
水龍頭並且有碰撞聲傳出之時。白色，四處都是白色，我們就這樣
在空房間裡坐著，你不時去廁所嘔吐，然後回來，繼續坐著。
坐著，一個上午就這樣虛度過去。生活給我們的補償還不少嗎？
我們總會明白這一切，找份工作，穩定下來，在睡與睡之間
保持清醒。現在我需要你說句話，至少看著我，告訴我
持續一生的毀滅是從哪一個互相厭倦的時刻開始的。

2014.2.7

母親

我看見光明中那些虔誠的面孔從我身邊閃過

所有的男人只穿襯衫，在這個夏天

家裡停水，灰塵布滿每一個角落

男人們開始說笑，男人們的身體搖搖擺擺

在所有曖昧不明的暗處，他們的鬍鬚瘋長，喉結起起伏伏

餐桌上擺了啤酒，豬肝，牛肉，就酒的花生

啤酒漲滿然後降落，循環往復直至一隻松鼠從院裡的李子樹上跳開

院裡只有一株李子樹，剩下的是葡萄藤

松鼠帶來夏天的氣息，四月已經過去，五月的母親遲遲不來

男人們解開袖口的鈕扣，卷起袖管，露出豐盈的體毛

我又聽見鬍鬚劈啪作響的聲音，喉頭緊鎖如懸浮海上的孤山

她端著啤酒魚上來了，五月的母親穿過靜止的灰塵，四月不再

一切事物都是新的。巨大的黃昏攏在母親紮起的頭髮上

她把啤酒魚放在啤酒旁邊，啤酒與啤酒魚緊緊挨在一起

母親坐在啤酒前，男人們坐在啤酒魚前

母親夾菜，男人們喝酒，她的繡著細碎花邊的襯裙浸透了汗水

在五月不可抵擋的黃昏面前，母親不斷用手捋去黏在額上的頭髮

在餐桌下，骨節暗自生長，鞋跟窸窸窣窣，鞋跟是羞澀的嘴唇

我曾聽見過這奇妙的聲音，它來自身體裡某個偏僻的地方

仿若蝴蝶振翅，仿若麻雀在我的耳邊竊竊私語，仿若一場玫瑰革命

痛苦而殘忍的五月崛地而起，帶來命運不可捉摸的氣息

我看見疲憊的母親在勞作之後躺在夏天的草地上，該有一個人通向她
的身體
該有一個人用自己的命運交換她的命運
家裡停水了，五月不會更多，灰塵布滿每一個角落
母親進進出出，收拾桌子也收拾碗
在所有的浮光之上，每一條路都通向疲憊而困乏的母親

2011.5.6 立夏

評論
僭越者的超越之事
——讀砂丁的詩

文｜曹夢琰

　　在蒂邁歐篇中，柏拉圖認為：「只有『現在是』才準確描述了永恆者，因而屬於它。『過去是』和『將來是』是對生成物而言的。」[1]這遙遠時空中的箴言，倒是為「關注當下」「現實感」等數度換面卻熱度不減的訓誡提供了加持。超越可朽之物的永恆者，確乎也「遠」在眼前，從臃腫、阻塞的現實中辨認出它並非易事。而以歷史作為參照，用「昨是」佐證「今是」，借此推測出「將來是」——「永恆如是」的超越者，或許就有望從中被辨認出來，至少對它的辨識與描述能作為「相似解釋」[2]而擁有真理性。對真理和永恆物的責任感，激發並困擾著表達者。一旦無意識的表達衝動經由時間和性情的歷練轉化為高度自覺的表達欲，對寫作須承擔的責任就成了表達者要思考和回應的問題。這些問題不僅存在於寫作動機，即是否必須要寫[3]；更在於文本之中，即文本包含的對自身存在之有效性、必要

---

[1]　參見柏拉圖：《蒂邁歐篇》，謝文鬱譯，上海：上海人民出版社，2005年，第25頁。

[2]　「柏拉圖認為『相似解釋』不是完全的真理，但卻擁有真理性。」參見柏拉圖：《蒂邁歐篇》，謝文鬱譯，上海：上海人民出版社，2005年，第82頁（注釋第68條）。

[3]　在談到90後詩歌創作中的責任問題時，李海鵬引用裡爾克的觀點：「探索

性，乃至迫不得已性的設問、疑問。然而「問」，也意味著絕非一勞永逸的辨偽過程——問題是龐雜的，寫作者的真問題是哪一個？這需要被不斷地發現。此身有志於追問超越之事，也不能不考量此身的可朽性——時代、地域、性情、命運等皆可成最初因緣，觸動一己哀樂，鬱積於心而最終被表達出的關於是否要寫和為什麼而寫等問題，就開始了漫漫旅程。可朽之身感念浩渺時空中那超越可朽的永恆者，亦從不同層面和不同程度上去辨識和呈現。對寫作者而言，各有機緣，又各有限度。因了限度感，方生出「僭越」之恐慌。砂丁以「超越的事情」命名這本詩集，又稱之為「失敗青年的僭越之歌」（見跋文），正是出於這般處境。讀砂丁的詩，會注意到他構建出的歷史場域，其中有他感興趣的左翼青年。他們對革命、理想和愛的激情，往往在日常生活中遭遇失敗：

　　　　他不知道該去哪裡度過。關於歷史

　　　　他近乎盲目，關於責任，冰冷的

　　　　巨像一般，空空的紀念堂。

　　　　（砂丁：〈超越的事情〉）

　　這是砂丁在回溯歷史時鐘愛的主題，而他反覆體察的失敗，源自「此身」。在他這裡，責任感、超越性等關乎「大是大非」的激情，時常蒙著慚慚的光暈——其人其詩都如此。如他自己所言：「經由

那叫你寫的緣由，考察它的根是不是盤在你心的深處；你要坦白承認，萬一你寫不出來，是不是必得因此而死去。這是最重要的：在你夜深最寂靜的時刻問問自己：我必須寫嗎？你要在自身內挖掘一個深的答覆。」參見李海鵬：〈確認責任、「晚期風格」與歷史意識——「90」後詩歌創作小識〉，《詩刊》，2018年2月上半月刊。

『失敗』作為連結」，當代的「我」（「我們」）和歷史中的「時代
青年」建立了聯繫。對失敗的體認，基於頗為自省和警醒的限度感。
然而失敗感一旦產生，心態和言行的怠惰就難以避免。砂丁的語調有
時漫不經心，甚至冷冰冰的，實源於深察失敗之後的故作冷漠：

> 生火時，他把散落的日記
> 聚成一堆，火星的微吟很快
> 變得疲倦、不可容忍。
> （砂丁：〈野餐〉）

　　「似乎是失敗的」（砂丁：〈川沙鎮〉），他咀嚼過數次，也料
想到這種結果，就算不能忍受，也怠於發力去突圍。——但砂丁的心
態和語調中更有熱烈的一面，他並不甘心時時沉溺於失敗意識中，就
勉力開始一次次的行動，並期冀隨之出現的視野和心態的開闊：

> 翻山越嶺
> 這麼久，似乎只為再看一場玄武湖的
> 春雨，這南京城多毛的手掌
> 雲雨之下起伏的呼吸之綠。
> （砂丁：〈玄武湖之春〉）

　　行動開始了，或許有些盲目；此刻所目睹的，其深意也往往不能
被體察。但視境的開闊和呼吸的順暢，似乎真的暗示了「那麼一點與
眾不同」（砂丁：〈蒂邁歐〉）——一個良好的態勢，對於有待被探
尋的超越之事而言。「僭越」不僅是詩人的自謙之說，還是有意為之
的姿態——身不可及，卻心嚮往之，就明知不可而為之。嚮往超越的

心，戴著「僭越」的面具去行動。

　　青年批評家李海鵬談到砂丁詩中的「天使」意象[4]，這在他早幾年的寫作中是引入注目的。正如李海鵬所洞察到的：「天使」的寓意接近本雅明所說的「歷史天使」。它只有從當下被辨識出來，才能避免永遠消失的危險性，才會成為拯救者。「天使」的反覆出現，論其淵源，確實有理論上的衍生。砂丁對它的書寫，也不免有強行召喚之嫌：

> 這些天使裹住我。這些陌生、尚未命名的
> 一鏟下去，我挖到天使的胃：猩紅或綠，是不可被
> 填滿──又一鏟，是汗水浸滿我們薄薄的衣襟。
> （砂丁：〈致L〉）

　　修辭是刻意的，意象斑斕而可怖，他後來的詩中幾乎不再出現這種寫法。詩人以對「詞的倫理」和詩歌「正典」秩序的尊重來衡量和反思自己早些時候的創作。然而「天使」確實關聯著他詩歌中重要的精神內質，即對超越性的渴望和呼喚，雖然這類意象同漢語文本和語境有隔閡。而延續下來的精神內質，在他後來的寫作中，被表達得不動聲色：「運河邊上的／少年人，拳拳耕耘於／婉轉倒立的責任」（砂丁：〈川沙鎮〉）。看「少年人」的視角是共通的，對他者來說並無障礙，他者也更容易成為共同的觀看者而身臨其境。相比「我看見天使了」（砂丁：〈日出〉）那時，他已突破幾乎排他的視角，也不再執著於「獨語」的、「戲劇化」的命名與呈現方式，譬如「街道

---

[4]　參見李海鵬：〈確認責任、「晚期風格」與歷史意識──「90」後詩歌創作小識〉，《詩刊》，2018年2月上半月刊。

天使」「禿頂天使」「父親天使」「天使是一個工人」等。他不能邀
請他人共享看天使的視角，更不能要求他人看見──「我看見」曾是
一個稍顯獨斷的視角，他對「天使」的命名也曾是獨語化的命名，多
少勾連著「學院派」的理論和識見，詩人對此也應是有意識的。但
「天使」的出現，更在於他情志上的執拗，砂丁自稱早期的詩作「用
力一些」，那力道畢竟牽扯著彼時的糾結和痛楚：「柚子皮都是抽筋
動骨，是穿越天使的身體而至血脈／和透明。」（砂丁：〈致L〉）
在一些詩中呼之欲出的天使（如〈看蓮花〉、〈日出〉），在另一些
詩中顯示出超越的艱難，甚至於反諷和失敗。砂丁的執拗始於相信
在先，於是這一意象的武斷出現是毋需解釋的，但意象在文本（語
境）中扎根則並非易事，詩人亦知：在撕皮肉而帶血的現實或歷史
中，「天使不會因為目睹了這場鄉村盛典／就降臨。」（砂丁：〈天
使〉）出現並隱匿的天使，存在又不存在的天使。詩人對於超越性或
許是執拗的，卻並不是空泛的理想主義者，現實感和限度感時時在調
試他對超越性的感知。正如在超越的事情一詩中，開頭即是：「他時
常是不相信這個詞的。」然而相信或不相信卻不是那麼簡單分明的。
砂丁精心想像並繪製了歷史中那些虛虛實實的人物和他們的生存困
境。表面上看，對他們而言，在生存狀態層面，沒有值得超越的事；
在精神狀態層面，這些人也想不起什麼超越的事情。文本在隻言片
語裡卻透露出：「超越的形式或許存在，理論／也並不全是空無的
鐘。」（砂丁：〈超越的事情〉）那些「想不起」的事情或許在潛意
識裡，用「大把的時間白日做夢」（砂丁：〈超越的事情〉）並不全
然意味著耗費──還暗示了對日常的超越。被「不相信」所決然否定
的，暗藏在語言的紋理中──這是詩人寄託的夢想，亦是詩裡那些生
存於時間過去和時間現在之人的夢想。當然，對超越之事的體認受制
於現實、歷史，尤其是具體的人，因此砂丁會時常發現：他表達或暗

示出的激情，流向這些速朽的皮囊，美釀卻並不被吸食。他預感、觀察，並習慣著這一切，不為此感到驚奇和惋惜。原因在於，他體察著他們，他感知的可朽性全然源於自身——在生存狀態和精神狀態層面，他和他們一樣，對超越之事是困惑的。

　　對一己和他者的限度體察得越深、越多，詩人所意識到的困境就越具有普遍性。在困境中的掙扎、對它的突破就有了共通感和共情性——基於此，人們對拯救性和超越性的期待和認知也很可能達成共識。對早期詩作中的一些特質，砂丁自稱「文學青年」式的自我「黏著」和「戲劇化」，實關乎心性和視野的拘囿。「他會遼闊」是詩人對自身寫作的期許——在擺脫自我黏著、開闊視野後，將有一番新的氣象。為大家所樂道的是：左翼青年「介入現實的熱忱」[5]對砂丁的啟發，詩人還被調侃為「左清新」「小資左」。除了對相關歷史的介入、想像和重構，他的詩作也多涉現實中同底層相關風物、人事。保證了時空的開闊度和視野的開闊性，在介入的程度上，砂丁又有很好的分寸感——他更透徹地意識到普遍的困境，就不至於陷入「貴婦人在廟門前撒錢」[6]的尷尬。文人的「象牙塔」，哪怕是陋室，也不免被指責為「驕矜」的庇護地[7]——被認為隔離了他們對生存處境的有

---

[5]　參見薇弦：〈此刻與絕望——讀砂丁近作〉，《多向通道——同濟詩歌年選2013—2014》，香港：絳樹出版社，2014年。

[6]　徐志摩寫過一些有關勞動人民的詩作，卻遭到學者阿英的嘲諷：「有許多文壇上的貴族，代表資本主義的作者，他們對於窮人的態度，是和都市裡的富人們一樣的。他們不了解窮人，他們表現窮人是用他們自己階級的意識——貴婦人在廟門前撒錢的意思。結果只是毫無同情心的，做作的，玩弄的。」參見阿英：《這一首奠定文壇的詩》，《阿英全集》第1卷，合肥：安徽教育出版社，2003年，第36頁。

[7]　毛澤東曾指出上海的「亭子間」作家太驕矜了，不適合延安的新革命環境。參見李歐梵：《上海摩登——一種新都市文化在中國（1930—1945）》，毛尖譯，杭州：浙江大學出版社，2017年，第47頁。

效感知，對「學院派」的類似詬病如今也不少。只是階層在當下的呈現方式已不同往日，和他者的相遇看似不再受制於顯在的壁壘，隱形的溝壑卻隱藏著人際的種種危機。砂丁所勾勒出的共同生存圖景正如是，人和人的同框與接觸表面上看起來並不突兀、刻意。詩人靈慧，言說中不糾纏階層間不言而喻的溝壑，詞句流露出來的，往往可以推及生存和心靈的普遍窘境：

> 工廠沒有了，碼頭再也找不見
> 一排屋簷坍塌的老房子裡傢俱四散灑落
> 制服大概是灰色的，或者藍色，像
> 我對你親切的呼喚沒有應答
> （砂丁：〈蘇州河〉）

「我」和「你」近距離的交流尚且如此，對話和生存之隔閡的普遍性顯而易見。造成這種局面的原因是紛繁複雜的，就看最表面的呈現──風景凋敝、人際疏離，還有什麼更陰暗的內裡是不可能的？在這樣的共同生存圖景中，又有什麼不會失敗？砂丁善察，常常在人事、風物的細微處，暗示出它們的關聯：「我」和戀人走出「出租屋」，風景壯大、足以容納一生的愛痛：

> 松花江水穿越凍厄與石窟，那無限
> 壯大、苦悶，照耀於這一日
> 鋪滿的雪，一生的愛痛，只這一次
> （砂丁：〈中國的日夜〉）

「只這一次」，是理想主義者的姿態和心態，愛痛是決絕的、不

可複製的。相比起來，從工廠（工地）離開或回到「出租屋」的他
者，則釋放著他們隱祕的愛欲。機油、汗水、洗澡，以及風景中反覆
出現的海、江、湖……無盡的水，反而泄露出無盡的渴意，匱乏指向
日復一日的生存和情愛需求（見砂丁的一次散步、孔雀等詩作）。而
遠在1920年代，租住「出租屋」的潦倒旁聽生，逃課到近郊的河邊看
風景，生計和理想於他都是無望的（見砂丁的禮拜五的記事，除此之
外，在超越的事情等多篇詩作中也有過類似的表達）。他們看過的風
景和體察到的艱辛不盡相同，卻讓人覺得似曾相識。在細節處，詩裡
還常常出現迷人的閑筆，緩解著生存的緊張。這些閑筆也會喚起熟悉
感──從艱辛的生存和苦楚的思量中，不時逸出微小的甜美，正是習
見而毋需多費神思的生活滋味。比如，時令的水果、蔬菜，應景的野
果、野味，時常和砂丁筆下的人物組成一幀生活小景：有時是相攜著
去摘「野葡萄」的野趣，有時是剛上市的「涼薯」、「枇杷」作為遞
送情意的禮物。也有烹飪和享用野味的場景，表面的熱絡和親密下，
卻是心思的遊移、疏離。被挑選的應時食物，亦如被挑選出來的甜美
時刻：

> 城中來的窮書生
> 用半生不生的本地話挑
> 兩個白蘿蔔，水芹，一把
> 青蔥。海霧中有迷濛的雨雲
> 順勢而落至濱海的村落。
> （砂丁：〈朝虹與晚暮〉）

　　其中閃現著風物優美、人情曖昧。大處的風景與這些可喜的細處
相互映襯──顯示出風景不失為自然物的活力，而不只是它為人事干

涉所致的凋敝性。這樣的體察和書寫是開闊的——困境不會因此而消失，風物的意趣甚至不能讓它有些許改變，那逸出的氣息、神韻卻是真風致。這些在詩中都一閃而過，畢竟普遍的生存處境和關聯之下，命運的相似性更在於那「濁泥中嶙嶙的苦與蜜」（砂丁：〈朝虹與晚暮〉），那些困頓和掙扎。

他時圍困「他者」的，往往頑固地再現於「此身」。1930年代左翼青年容身的「灰暗的閣樓間」和新千年規劃中的「郊區廣廈千間」，都非庇護之地。並沒有「更早的好時光」（宋煒：〈還鄉記〉），它只是一個針對回憶的願景，在時間軸上被不斷地置於更遠的過去——若說詩人對曾經的時代有想像性迷戀，卻也深知它的虛妄：

> 1927年，你們逃難
> 在市郊一間小書店的地下室裡，度過
> 一段難得的好時光。
> （砂丁：〈雨水蓮花的午後〉）

在不乏想像的回憶中，它對個人情感有撫慰性質，才被賦予「好時光」的光環，但時境卻是糟糕的。——也會一直糟糕下去，對未來「新生活」的願景，同樣虛妄。1923年，意氣風發的「新男子」瞿秋白呼吸著風景中「新鮮」的空氣；1933年，開始「新生活」的姚蓬子也有了「新的理想」。彼時他們尚可「看一場玄武湖的春雨」（砂丁：〈玄武湖之春〉）、看「新都樣樣不錯／城牆開處喜新晴」（砂丁：〈宴飲〉），新晴喜雨處，未來的好時光似乎可以預見——如果沒有我們身為後來者的「後見之明」。同不在眼前的虛妄「好時光」相比，眼前的看起來則是實打實的不好：「時代的空氣穿過他們單薄

的胃」（砂丁：〈新場鎮〉），在此時此地這個曾被預言過的「將來
的黃金世界」（魯迅）中，活著的正飽嘗活著的痛楚，「黃粱般的苦
楚」（砂丁：〈中國的日夜〉）。圍困他們（「我」）的，還不只是
外在處境。且看詩中那些蠻左的「歷史」人物，無所事事、「以差學
生的身份逃出教室」（砂丁：〈禮拜五的記事〉），或從事一兩份卑
微的工作，譬如校對員、教書先生。他們困於事或無事，在精神層面
總是匱乏的，對時代和歷史的激情不能轉化為有效的承擔：「他熱愛
傳單的激情／勝過文藝創作」（砂丁：〈超越的事情〉），茫然四
顧、虛度時日，終不曉得如何自處而失去信心。砂丁以己度人，投射
在他們身上的，正是他反覆咀嚼的源於自身的無力感：「好幾個月不
寫作，無緣無故／憤怒，把莫須有的不得志怪罪給對方。」（砂丁：
〈殘酷的愛〉）親密關係中的暴虐，只是發泄「不得志」的出口，人
們耗費精力，卻固執於錯誤的出口。他人、處境都可能成為藉口，但
失敗終究只是自身的失敗而已。「他對失敗的渴望／大過對愛的渴
望。」（砂丁：〈最後離開的人〉）這才是真正讓人絕望的。渴望卻
無力達成的，讓我們生出失敗感。它本包含了認知的清醒——在自省
和限度之下，不強言、不逾越，這是消極層面的約束。往積極了說，
失敗感也可激發再認知的欲求。對於大而不當的理想和空泛的激情，
它原是制約者——自身卻難以被限制，當過多的消極性出現時，「此
身」的乏力、怠惰和盲目就不言而喻，很難清醒地維繫再認知和再探
求。而原本被渴望的，長久隱藏在失敗感的重霧之下，直至被它替
換，變成人們無望的渴望中那個被迫出現的渴望——對失敗的渴望。
由此可見，縱然體認到困境，破局也很難。砂丁早有體會：渴望「天
使」作為拯救者，卻無望達成這至高的超越性，絕望就替代之成為被
渴望的對象，呼喚天使就是在呼喚絕望：

都是新的，海岸

最遠處的光斑聚成一條線，絕望

這最神祕的啟示召喚我，坦白我和你。

（砂丁：〈一次散步〉）

　　詩人蘋弦注意到：砂丁「偏愛以最高級與全稱量詞來談論生活、死亡等沉重的話題」[8]。比如「最」「所有」「一切」，這類詞語導向了兩極狀態：渴望至高性和完整性，因無望達成而陷入前述的「失敗感」輪迴中，於是要麼不顧一切地呼喚與期待，哪怕愛痛與苦楚徹骨難耐，要麼就此絕望、就此失敗下去。砂丁逐漸在調整這樣的狀態，從他近來的寫作中可以看出：少有那些決絕的詞，語氣緩和了下來。也少了些出於防禦和戒備而故作冷淡的腔調——由過度的失敗感所致。

　　造物者囑咐神按照神的本性造凡物：「你們知道，這些凡物中有神聖的東西；他們分有永生的名字，並存在於永遠追求正義、追求你們的人之中……凡物中的其餘部分，你們自己試著把永生和可朽的東西交織在一起來造生命物。」[9]永生和可朽、超越和庸常，交織於我們這些凡俗之身。頑固的外在壁壘，常常激起內心的詭譎和陰暗——而在糟糕的處境中，人又傾向於模糊問題和推諉責任：這些也算是可朽性中的常態與常情。超越的激情受此重重圍困，常常失敗。儘管如此，詩人一旦調節好自身的失敗感，那「一點人間動情的失敗」（砂丁：〈宴飲〉）就多了積極性，激發著他的熱望。時下的「少年人」和歷史中的「左翼失敗青年」——他們身上有讓他欣然的「拳拳」身

---

[8]　參見蘋弦：〈此刻與絕望——讀砂丁近作〉，《多向通道——同濟詩歌年選2013—2014》，香港：絳樹出版社，2014。

[9]　參見柏拉圖：《蒂邁歐篇》，謝文鬱譯，上海：上海人民出版社，2005年，第28頁。

姿和理想。砂丁說左翼青年吸引自己的地方在於：「他們不無單純但
誠懇的激情中那種不會被失落的對當下和對未來的願景的托出」，哪
怕失敗了，他們「拳拳躍動」的理想中依然有詩人認可的價值傾向，
他也期冀著將之託付給此刻的自身和他者。顯在層面如是，在更隱祕
的層面——超越的理想和激情在肉身化的表達中，多了情感、審美，
甚至於情欲方面的傾向。循著詩人的視線，我們看到「被肌肉線條繃
緊的身軀」（砂丁：〈新場鎮〉）、「因疲乏而緊緊纏繞在一起」
（砂丁：〈孔雀〉）的身體。審美和愛欲的目光糾纏著審視「汙濁」
時境的目光，透過它：「大全」層面的價值全面潰敗，個體於其中自
然是失敗的，但他們託付願景的激情、突顯出的生命活力，卻未必要
被框定在失敗之中。在那些帶有「個人化歷史想像力」的詩歌裡，砂
丁尤其肯定了這一點。他熱衷於揣度個體的形容、舉止，去發現蘊藏
其中的生命活力和人格魅力：

　　　故作輕蔑，步態昂直
　　　是北方來的海軍生，穿回
　　　白夏布長衫
　　　（砂丁：〈野餐〉）

　　　他早已穿舊的灰布長褂襯得他
　　　日益消瘦。
　　　（砂丁：〈玄武湖之春〉）

　　　他們把薄薄的外套穿得
　　　又白又舊，他剛剛理過的頭髮是全新的。
　　　（砂丁：〈見魯迅〉）

　　這些人容止端方，傲慢或落魄都不失體面。他們對衣著、作派的自我打量和思量，還隱現著時局和心境的波瀾：看著自己的蘇俄制式西裝或新做的西服，好時光似乎也要為他們「量體裁衣」而到來；想著「橫豎是／不夠用了，不如就花光身上／所有的錢，裁一件像樣料子的／夾衫」（砂丁：〈超越的事情〉），索性在壞時光中傾盡所有換一點體面。這些細節處的行止和心態，真誠中有做作、矯飾中不乏袒率，顯示出左翼青年們對生活的熱望。更隱祕和身體化的活力，砂丁在跋文中也談到了：性傾向決定了他的著力點，他「添油加醋」地書寫左翼失敗小青年的同性愛欲。同性傾向的呈現已經意味著姿態的確立，在話語層面接受挑戰──在這一點之上，砂丁不多糾纏所謂的性傾向困境，而是將之處理為愛欲在生存和理想中的普遍困境：「比超越更重要的事情，是他們會渴。」（砂丁：〈超越的事情〉）這般「豔異」的活力亦接受困境中毫無二致的反諷和失敗。透過砂丁的書寫，我們會發現面對這些鮮活性，比反諷更重要的態度是熱望：時間的潰敗、舊址的坍塌，以及種種人間動情的失敗──廢墟之上都曾有過、或正在生成熱切的氣息和願望，對於超越之事，這些速朽的活力顯得幼稚、盲目，但又焉知那永恆的品質不隱藏於其中呢？至少，也是向著「相似解釋」而努力。對此，詩人是相信的、也試探著去觸碰，儘管在歷史感、現實感和限度感所框定的視角、情感和認知範圍內，他不得不一次次去重新認定「失敗」。自然，如果不是想炫耀「詞的勝利」[10]，失敗往往是無疑的結果。

---

[10]　鐘鳴對當代漢語詩歌寫作的評價：「要論詩歌的進步，除了『詞』的勝利，就人性方面，我看是非常晦暗的，猶如骨鯁在喉。」參見鐘鳴：《畜界，人界》，序言，上海：上海人民出版社，2010年，第2頁。

　　如若不甘心，再一次戴好「僭越」的面具去試探和試錯，把反諷與悲哀當作疏導者和淨化者加以調度，把失敗當作預知的結果來備案，鼓起勇氣用微薄的熱望去呼喚，那不為我們所知的或不指望它會到來的，竟偶爾泄露出「散漫惺忪的憂喜」。不知砂丁是否意識到——「春服既成」的理想氣息，在他的詩中或有流露：「四處春衫／滿袖，有散漫惺忪的憂喜」（砂丁：〈川沙鎮〉），「春畫／寬大，如中舉人的肩膀」（砂丁：〈野餐〉）。而有憂患意識和承擔感的理想人格，也隱隱顯露在那些不盡理想的人事中。是為僭越者的超越之事，總要從一些跌跌撞撞的嘗試開始：

　　　愛，或嫉妒
　　　或那個得不到的躍躍欲試
　　　清白無辜，張開的手臂
　　　瑟瑟發抖。
　　　（砂丁：〈交談和一日〉）

　　　　　　　　　　　　　　　　　　　2018年8月暑期於山中

跋
失敗青年的僭越之歌

文｜砂丁

　　從十四、五歲開始動筆寫下一些分行的東西，到現在也十幾年了。來來回回翻看新作舊作，覺得能夠拿得出手的，也就是收在這本集子裡的六十幾首詩，也許還會更少。有一段時間年少輕狂，對生活充滿新鮮躍動的喜悅，把外在的友愛和激情內化於語言的「宣洩」之中，寫得非常多而快，但在語言上是不去打磨的。後來在這種四處隨意自由散漫的對語言的褻玩和遊戲姿態中「自我訓練」了一段不長不短的時間以後，從某一首詩開始，我才找到了我的方法，並且在這條逐漸「自我風格化」的道路上嘗到了不少的甜頭，當然也帶來了必須面對的寫作的瓶頸和危機。

　　去談論自己的詩是一件頗為尷尬的事情，不如去談論別人的作品來得自由。在詩集編排的體例上，我把選入的詩分成三輯，代表了我目前寫作的三個面相：帶有個人化歷史想像力的，當代的或活生生的日常生活的，以及當代生活後面裏挾的那個令人不安的焦慮結構。同時代人會有一種對知識的普遍感覺，就是知識被歷史的前因及其綿延的、當下流動的狀態所加持進來的話語所裹覆，同時又像普拉斯之形容現代社會如一個巨大隱形的「鐘形罩」一般，把同時代人都框入其中。這種焦慮的「意識裝置」由加速度的外部生活作為整體的導向和結構，並且向內回溯經營，促使「內面」之「我」加入到此種焦慮話語的「自我生產」之中，並通過語言的表達和情意的傳遞，把個人的

也是時代的精神症候，以一篇篇不那麼完整但畢竟文體上各自獨立的「成長小說」碎片連綴而成的模式，呈現在敞開的話語場裡。

　　我想通過寫作折射這個時代的一個側面，通過不同的方法。我不是歷史學家，也不是考證學者，無意於去原封不動地精確還原不同的歷史場景──我自知自己沒有那個能力。在第一輯中，寫作上的方法很多得益於希臘詩人卡瓦菲斯，他提供了一種通過敘事經營歷史的細小截面來刻畫一種流逝之古典性格的方法，非常動人。這些詩裡多少也雜入了他作為一個「現代人」的現代心思，但顯露的痕跡非常少，非常克制。我把我作為一個當代主體的困惑、莽撞和不安，介入到所選取的歷史題材的程度可能更深一點，我的敘事聲音在詩裡的語調中大概是瀰漫性的，揮之不去的東西，「我」的在場可能更鮮明一點，從這一點上來說，第一輯中的詩還不能夠稱為「歷史的詩」，它們的目的畢竟不在於通過清簡的筆法去宏觀勾勒一個敘事的框架，來放入一些多少對於往日榮光的追憶，以及使寫作主體沉浸在享受一個置身於帝國末期那種瀕臨毀滅的最後的黃金般日子裡的審美愉悅之中。當然，經由特殊眼光的照顧，卡瓦菲有關希臘化時期歷史題材的詩句都被蒙上一層琥珀色的光暈，他內溯的追憶視角，截取和再度建構的歷史片斷，提供了詩學方法上回溯歷史的一個教科書般的範例。於我而言，之所以對中國現代文學史中的左翼知識份子乃至失敗了的左翼小作家感興趣，更是想去探索他們挫敗但生機勃勃的人事牽絆和情愛糾葛如何與時代革命的那種宏觀裝置結合起來，使革命在其途程上變得生動和肉身化。但我發現我的興趣很快轉移到人物的細微動作上，他們複雜纏繞的思緒、隨時而變的激情、轉圜不定的身體躍動，都共生在「革命」的時代話語和那種催人躁動不安的青年氣候中。他們都是一群多少在時代主潮中曾經是「弄潮兒」的青年人，又在激情褪去後的蕭條時代裡不甘不願地做一個「零餘者」，一個「失敗青年」。我

的歷史感興的最大興奮點大概就在這兒，那些在主流的左翼歷史敘述中慢慢被抹去、遺忘、不去提及的人，那些歷史中曾經可能發生但卻又沒有發生的事情，在人的身體裡匯聚成一團曖昧不明的陰影、欲伸未伸的手勢、欲做未做的潛能。

當然，對歷史進行「虛構」是在所難免的。在第一輯的詩裡，或許能發現不同人物的身影匯集於一人，敘事者的聲音也彷彿摻雜其中，匿名地存在著的。恰恰是對歷史感興的營造和「虛構」使得歷史與我們的當代生活構建了關聯，當代的「我」得以透過或真實或杜撰的小百年前的青年知識份子之口，將愛欲與苦悶、激情與理想、失望和複沓的變奏曲，漫不經心地展覽出來，而那種抒情性的敘事節奏和追憶回顧的視角，又為敘事人在兩個不同的時空中搭建橋梁，可以以一種輕盈跳宕、蜻蜓點水的方式入乎歷史之內，既使當代問題其來有自，又能使舊事、氣候和光影中的人物從現代到當代，在精神症候上勾畫一個延續的軌跡。

青年知識者在室內室外焦灼彷徨徘徊不定的那種猶疑姿態，在歷史文獻中表達得非常坦誠而彰明，構成中國現代文學史內部一個始終不安的、躁動的機制，總是在文學史將要形成「正典」秩序的話語壓力和文學慣習時，提供一些可愛的、溢出的部分。我所描寫和在歷史氣候中虛構的，正是這樣一些可愛的失敗者，當然帶有當代的我的歷史感覺和體溫。現代文學史的發生基於一種對「失敗」的體認，一種對國族的、文化的、人之精神氣格之「大全」的「失敗」和「潰退」感覺的全身心體會，並向內咀嚼生發出我們現在看到的現代文學不同的氣質和面貌。這種「失敗感」是徹骨的，而置身階級固化、數碼景觀、微信公眾號、碎片化資訊和肉身之符號化的二十一世紀的當代青年，無論城市還是鄉村，不也被一種強烈焦灼的失敗感所緊緊束裹嗎？經由「失敗」作為連結，家室頗好、無限延宕而猶豫不決的、參

加地下革命、在激進的「上海大學」讀書、在南京玄武湖鬧著不大不小戀愛風波的時代青年，彷彿也在某一個層面上與共用時代給予的普遍「失敗感」的「我們一代人」建立了聯繫，在「失敗」這一新的時代感覺，或曰知識青年的新的「意識裝置」和意識架構內化於同齡知識者的行動、勇氣和精神氣質之時，不那麼遙遠的年代與當代之間，組合成了一套遙相呼應的協奏曲。

　　當然，北洋至民國時期文學青年體味到的「失敗」空氣，畢竟與當代資本塑造的新「喪」神之間有著很大的不同（當然，北洋時期的知識青年氣質與黨化後基於民族國家意識形態規訓下的知識青年之氣質也有不小差別，但囿於中央政府的下令不達，城市中的青年人在夾縫中尋求自由還是有較大的社會空間的）——後者在媒介意志、消費符碼、一線城市青年人普遍遭遇的生存危機等多重或顯或隱的規訓機制之下全然塌落，那種對走出自身困境和一種結構性失敗的願景的設想，幾乎是空白的，青年人已經在日常生活中喘不過氣了，根本沒有時間沒有閒暇也沒有足夠的精神能量去設想和描畫「未來之黃金世界」的基本圖式。而不多遠時代之前的知識青年，他們困囿於戰爭帶來的混亂秩序和物質的貧乏，但仍在城市和鄉村的各種夾縫中生長著「希望」，他們雖然窮苦但他們心靈生活的天地是廣闊的，因為各種話語還處於初生的流動狀態，還沒有形成強烈的政治的或文化的規訓機制，沒有被剝奪生動的想像力，沒有「全球化」和徹底的資本主義化。左翼失敗青年吸引我的地方，並不在於左翼本身的政治目的或馬克思主義的共產原理，而在於他們不無單純但誠懇的激情中那種不會被失落的對當下和對未來的願景的托出，那願景是給出希望的手勢，是對歷史和自己整個在同時代投入激情的生活給出肯定的承諾。這種生活，才是愛者的生活，才是真正的在歷史中創造激情，並以一種激情的方式命名和回報自身的存在。

　　希望或愛的給出，哪怕能量非常微小，哪怕呈現為多種不會成功的、失敗的圖景，一直是我詩歌的主題。它隱藏在第一輯有關歷史片斷的個人想像裡，也非常顯豁地成為第二輯中有關日常之詩的細密展述的核心機制。那種人與人之間親密的相隔是比陌生人之間熱絡的寒暄更寒冷徹骨的東西，而這樣一種情感上的體驗，已經成為我觀察世界和他人的基本圖式，那些持續、微小、聳動、源源不斷的挫敗組合成一條湧動的河流，在我心裡激起狂瀾般的內心戲劇。當然我用克制的方法去處理這些挫敗，不讓它們成為多聲合唱的複調劇場，盡量不自我戲劇化。咀嚼「失敗」的方法有很多種，但我盡量跳開身來，以一種旁觀的視角去看待我詩裡出現的人物。他們都非常可愛，男孩女孩，非常年輕，他們在天臺上抽煙飲酒，在郊外的草地上聚會，手臂抬起又輕輕放下，寥落地走路，交談，放聲歌唱。最後他們分離，像每一對愛人一樣，他們分開，異地，結束，開始下一場尋覓之旅。用一種追憶的視角，這種方法同樣習得於卡瓦菲，但他那些描寫當代愛欲生活的詩裡，他用非常克制的聲音去描摹一個事件的輪廓，而我的方法可能更多一些細節。你會發現卡瓦菲的詩裡敘事人是很少介入詩中人物的生活的，但我的方法可能更多一些距離控制。在寫作中，我有意地編織距離控制的限度，拉長或縮短，敘事人可以輕盈婉轉地游走於其間，時而旁視，時而加入其中，成為一個神祕的當時事件的見證者，或直接附著於人物身上。我詩歌中時常出現的人稱變化，由他們而他而你或我，有時候有一個順承的邏輯，但更多時候是跳宕的，以營造一種敘事節奏的輕盈，或一種故作灑脫、從情節中抽身而退的輕巧，但這「輕」恰巧是滯重的、痛苦的，你我相隔如重山。這是我故意用的一種方法。

　　詩集的第三輯，多少用力一些，一方面因為寫作時值少年末期，多少還年輕氣盛，不屑於各種寫作成規，一方面有一種文學青年的臭

脾氣，過於黏著於自我，不少篇什用的是後期垮掉派和自白派把內心戲劇擴大化的獨語的方法。普拉斯在詩歌語言中加速度地播撒焦慮的方法，對於我這一批詩歌的寫作來說，影響是非常致命的。當然我現在更傾向於一種詞的倫理的方法，詞與詞之間可以勾連的跨度，以及詞和詞之間可以無限試驗的廣度，其實都被一種隱形的框架規約著，每個詞呈現在你的面前，是在語境中起作用，不是可以無限開闊出去的。對詩歌中的語言、情感、志向、節奏，乃至文體本身的把握，都有一個度，有一個火候，這是出於我對詩歌「正典」秩序的尊重。我依然相信一種文學正典的品格能夠給當代詩這一快速墮落的文體以積極的力量，儘管題材會花樣翻新，儘管遭遇的人生惶惑和挫敗會愈來愈令人費解，但它內部蘊蓄的能量，那種良善的能夠發出光明的東西，其實是自古不變的。

雖說時代精神、歷史氣候、某一時代的普遍知識感覺塑造了同一代知識者共享的精神氣質，有時候變成一種寫作上的壓力，使你不得不去或直接或曲折地對抗它。但如果我們換個視角，有時候給這個強大到令人壓抑的「意識裝置」開個玩笑，它就會變成一個饋贈的「禮物」。在我的詩歌裡，你會發現人物之間的曖昧情愫多來源於一種同性之間的相互審視，彼此又保持距離。在那些多少帶有「個人化歷史想像力」的詩歌裡，我給我拿來寫的左翼失敗小青年都加了同性愛欲的成分，而這在歷史本事中或許是沒有的。「添油加醋」的寫作生活我過得不亦樂乎，它會讓你輕鬆下來，對著你最想寫的東西，掏出你的心肺。

一直以來我的願望是成為福柯式的愛欲英雄，過一種「聲名狼藉者的愛欲生活」。這個志向今生大概是實現不了了。性傾向不光只是單純的生理問題，其實勾連著你整個的行為模式和文學人生，你根本逃避不掉的。怎麼辦呢？直面它，接受來自它的話語和它的挑戰，並

且最後像福柯那樣，利用它的邏輯，在它的內部掀起革命，反過來創
造它。溫吞水的中國現代文學史裡好像缺少令人豔異的同性戀者，不
知道是不是既定的文學制度和文學成規隱蔽了他們日常生活角落裡黯
淡閃爍的光輝，這其實多少讓人覺得遺憾。

2018.7.27 凌晨初稿於滬上東走馬塘
2018.8.16 定稿於滬上張江科學城書房

語言文學類　PG2292　陸詩叢03

超越的事情：
砂丁詩選2011－2018

作　　者／砂　丁
主　　編／楊小濱、茱萸
責任編輯／石書豪
圖文排版／周妤靜
封面設計／邵君瑜
封面完稿／蔡瑋筠

發 行 人／宋政坤
法律顧問／毛國樑　律師
出版發行／秀威資訊科技股份有限公司
　　　　　114台北市內湖區瑞光路76巷65號1樓
　　　　　電話：+886-2-2796-3638　傳真：+886-2-2796-1377
　　　　　http://www.showwe.com.tw
劃撥帳號／19563868　戶名：秀威資訊科技股份有限公司
　　　　　讀者服務信箱：service@showwe.com.tw
展售門市／國家書店（松江門市）
　　　　　104台北市中山區松江路209號1樓
　　　　　電話：+886-2-2518-0207　傳真：+886-2-2518-0778
網路訂購／秀威網路書店：https://store.showwe.tw
　　　　　國家網路書店：https://www.govbooks.com.tw

2019年9月　BOD一版
定價：230元
版權所有　翻印必究
本書如有缺頁、破損或裝訂錯誤，請寄回更換

國家圖書館出版品預行編目

超越的事情 : 砂丁詩選2011-2018 / 砂丁著. -- 一
　版. -- 臺北市 : 秀威資訊科技, 2019.09
　　　面 ；　公分. -- (華文現代詩 ; PG2292) (陸
詩叢 ; 3)
　BOD版
　ISBN 978-986-326-723-2(平裝)

851.487　　　　　　　　　　108012973

讀 者 回 函 卡

感謝您購買本書，為提升服務品質，請填妥以下資料，將讀者回函卡直接寄回或傳真本公司，收到您的寶貴意見後，我們會收藏記錄及檢討，謝謝！如您需要了解本公司最新出版書目、購書優惠或企劃活動，歡迎您上網查詢或下載相關資料：http:// www.showwe.com.tw

您購買的書名：＿＿＿＿＿＿＿＿＿＿＿＿＿＿＿＿＿＿＿＿＿＿＿

出生日期：＿＿＿＿年＿＿＿＿月＿＿＿＿日

學歷：□高中 (含) 以下　　□大專　　□研究所 (含) 以上

職業：□製造業　□金融業　□資訊業　□軍警　□傳播業　□自由業
　　　□服務業　□公務員　□教職　　□學生　□家管　□其它＿＿＿

購書地點：□網路書店　□實體書店　□書展　□郵購　□贈閱　□其他

您從何得知本書的消息？

　□網路書店　□實體書店　□網路搜尋　□電子報　□書訊　□雜誌
　□傳播媒體　□親友推薦　□網站推薦　□部落格　□其他＿＿＿＿＿

您對本書的評價：(請填代號　1.非常滿意　2.滿意　3.尚可　4.再改進)

　封面設計＿＿＿　版面編排＿＿＿　內容＿＿＿　文／譯筆＿＿＿　價格＿＿＿

讀完書後您覺得：

　□很有收穫　□有收穫　□收穫不多　□沒收穫

對我們的建議：＿＿＿＿＿＿＿＿＿＿＿＿＿＿＿＿＿＿＿＿＿

＿＿＿＿＿＿＿＿＿＿＿＿＿＿＿＿＿＿＿＿＿＿＿＿＿＿＿＿＿＿

＿＿＿＿＿＿＿＿＿＿＿＿＿＿＿＿＿＿＿＿＿＿＿＿＿＿＿＿＿＿

＿＿＿＿＿＿＿＿＿＿＿＿＿＿＿＿＿＿＿＿＿＿＿＿＿＿＿＿＿＿

11466
台北市內湖區瑞光路 76 巷 65 號 1 樓

秀威資訊科技股份有限公司　　　收

BOD 數位出版事業部

⋯⋯⋯⋯⋯⋯⋯⋯⋯⋯⋯⋯⋯⋯⋯⋯⋯⋯⋯⋯⋯⋯⋯⋯⋯⋯⋯

（請沿線對折寄回，謝謝！）

姓　　名：_____　年齡：_____　性別：□女　□男

郵遞區號：□□□□□

地　　址：_____

聯絡電話：(日) _____　(夜) _____

E-mail：_____